KB059144

하루의 취향

카피라이터 김민철의
취향 존중 에세이

하루의 취향

김민철 지음

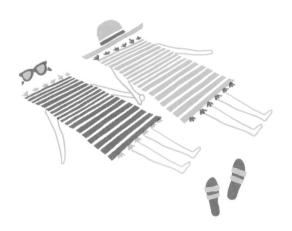

북라이프

하루의 취향

1판 1쇄 발행   2018년 7월 25일
1판 10쇄 발행   2023년 3월 8일

지은이 | 김민철
발행인 | 홍영태
발행처 | 북라이프
등 록 | 제2011-000096호(2011년 3월 24일)
주 소 | 03991 서울시 마포구 월드컵북로6길 3 이노베이스빌딩 7층
전 화 | (02)338-9449
팩 스 | (02)338-6543
대표메일 | bb@businessbooks.co.kr
홈페이지 | http://www.businessbooks.co.kr
블로그 | http://blog.naver.com/booklife1
페이스북 | thebooklife
ISBN 979-11-88850-16-7   03810

비즈니스북스는 독자 여러분의 소중한 아이디어와 원고 투고를 기다리고 있습니다.
원고가 있으신 분은 ms2@businessbooks.co.kr로 간단한 개요와 취지, 연락처 등을 보내 주세요.

나만의 취향 지도 안에서
나는 쉽게 행복에 도착한다.

이상한 일이다. '취향'이라는 이 평범한 단어 앞에서는 이상하게도 기가 죽는다. 왠지 그 앞에는 '근사한', '남다른' 같은 수식어를 붙여야 할 것 같고, 나의 취향에 어울리는 수식어는 따로 있을 것만 같다. '평범한', '별 거 아닌' 혹은 '뻔한'과 같은. 그래서 '취향'이라는 단어 앞에서 나는 자꾸만 가난한 기분이 들었다. 오래도록 잘 가꾼, 근사한 남의 정원 앞에서 굳이 나의 볼품없는 화분 하나를 내미는 것만 같은. 모두가 취향을 말하지만 유독 나만 초라했던 어느 날, '취향'을 사전에서 찾아보았다.

취향(趣向)[취:향]

[명사] 하고 싶은 마음이 생기는 방향. 또는 그런 경향.

그뿐이었다. 근사한 정원 같은 뜻은 없었다. 그냥 내 마음이 가는 방향을 말하는 것뿐이었다. 나를 살짝 기죽게 했던, 때론 나를 초라하게 만들기까지 했던, 누군가의 시선을 끝없이 의식하게 만들었던 바로 그 '취향'이 제대로 된 의미를 찾자마자 나를 구원하러 온 것이었다. 취향. 마음이 가는 방향. 아무도 상관할 필요 없는, 누구의 허락도 필요 없는 내 마음의 방향. 좀 촌스럽더라도, 좀 볼품없더라도, 좀 웃기더라도 이것은 나의 취향. 나의 소중한 취향.

> 안개 속에 잠들어 있다가
> 때가 되면 일어나서
> 우리를 도와주러 오는 단어가 있다.
> _밀란 쿤데라, 《커튼》

어릴 적 한 친구의 글씨체를 부러워한 적이 있었다. 그 글씨는 뾰족했고, 반듯했고, 그 친구 같았다. 몰래 열심히 따라해보았다. 하지만 영영 그 친구의 글씨체와 같아지진 않았다. 다만 내 글씨체가 약간 뾰족하게 변했다. 그때 또 다른 친구의 글씨체가 눈에 들어왔다. 이번엔 가볍고, 어딘가 모르게 경쾌한 그 글씨체를 따라 쓰기 시작했다. 하지만 그 친구의 글씨체에 도착하는 대신, 또 다른 글씨체에 도착했다. 이번에도 나의 글씨체에 그 친구의 결이 조금 더해진 것뿐이었다. 그런 일이 몇 번 반복되었던 것 같다. 오랜 시간 동안 매혹과 표절과 실패를 반복하면서 내게 남은 건 결국 나의 글씨체뿐이다. 누구와도 다른, 오직 나를 닮은 글씨체.

이런 과정이 비단 글씨체에만 일어나는 일일까? 지금까지 얼마나 많은 작가들의 문체를 닮고 싶어 했는지. 얼마나 많은 사람들의 개성을 훔치고 싶어 했는지. 얼마나 많은 사람들의 안목을 가지고 싶어 했는지. 내가 가질 수 없는 수많은 것들이 얼마나 내 마음에 꼭 들었는지. 수많은 실패 끝에, 나는 오늘도 나밖에 되지 못했다. 어쩌면 당연하게도. 어쩌면 다행스럽게도.

누구나 그럴 것이다. 마음은 매일 흔들리며 어딘가에 닿고, 우리는 그것에 지갑을 열거나 시간을 쏟는다. 그 끝에 우리를 기다리고 있는 것은 때론 절망, 때론 후회다. 하지만 운 좋게도 몇은 나에게 남는다. 나에게 꼭 어울리는 형태로. 나에게만 꼭 어울리는 색깔로. '나의 취향'이라 부를 수 있는 것이 마침내 생긴 것이다. 반갑게도, 기쁘게도. 그렇다면 나에겐 그 취향을 존중할 의무가 있다. 유행이 아니라, 남들의 시선이 아니라, 내 취향을 기준점으로 삼아 하루를 꾸려나가야 하는 것이다. 그 마음을 식량으로 삼아 나의 취향은 오늘도 나를 나답게 만들고 있기 때문이다.

'취향'이라는 단어를 마주하고 앉아 오래도록 생각했다. 왜 그때 나는 저것이 아니라 이것에 마음이 끌렸을까? 이것은 또 나의 어떤 마음을 닮았을까? 이 취향은 얼마나 오래 나에게 머물게 될까? 하루하루의 취향이 모여 결국 나는 어떤 색깔의 사람이 되는 걸까? 그 고민 속에 만져진 수많은 마음의 결에 '하루의 취향'이라는 이름을 붙였다. 내일 내 마음은 또 어떤 방향으로 흐를지 모르겠지만, 오늘 하루는 이 취향 덕분에 나다울 수 있었으니까. 근사하지 않아도, 우아하지 않아도, 대단하지 않아도, 완벽하지 않아도 바로 그 취향이 오늘, 가장 나다운 하루를 살게 했으니까.

김민철

차례

3

1

살까 말까
어울릴까 아닐까
너무 튈까 어쩌면 괜찮지도 않을까
갖가지 고민을 하다가
친구에게 갖고 싶은 옷을 보여줬다.

친구는 보자마자 말했다.
"야! 너 그 옷 있어!"

그럴 리 없다.
친구에게는 이 옷의 소재가,
길이가, 패턴이, 색깔이
이전의 나의 옷들과 얼마나 다른지
전혀 안 보이는 것이다.

친구에게
"아니야! 이런 옷은 없어!"라고 말하면서도
뒤돌아서서는 씨익 웃는다.
그렇다면 어디서 어떻게 시작된 건지 몰라도
이건 명백히 내 취향이군.

나도 한번
라라랜드 원피스를

언제나처럼 촬영장에선 음악이 크게 흘러나오고 있었다. 모델의 감정을 잡기 위해, 혹은 지치기 십상인 촬영장 스태프들의 기운을 북돋우기 위해 늘 있는 일이었다. 하지만 그날 촬영장은 뭔가 달랐다. 음악을 들으며 뭔가 꿈꾸는 듯한 표정을 짓고 있는 사람들이 여럿이었다.

"이 장면 정말 좋지 않았어요?"

"저 이 장면에서 울었잖아요."

"난 울진 않았는데 아, 진짜 너무 좋았어."

옆에서 멀뚱멀뚱 서 있는 내게 한 사람이 물어왔다.

"〈라라랜드〉 보셨어요?"

"아, 아니요, 아직⋯."

촬영장 스태프들의 감정을 그토록 휘저어놓은 음악은 바로 영화 〈라라랜드〉 OST였다. 아직 보지도 않은 영화 OST를 촬영 이틀 내내 들었다. 촬영이 끝나고 바로 극장으로 갔다. 그렇게라도 봤으니 망정이지 정말로 세상 물정 모르는 사람이 될 뻔했다. 다음 날 회의 시간에도, 광고주 미팅에서도 〈라라랜드〉 이야기는 어김없이 나왔다. 한 광고주는 〈라라랜드〉 같은 광고를 만들어보면 어떠냐고 말했고, 또 한 광고주는 진짜 〈라라랜드〉 감독을 써서 광고를 찍으면 안 되냐는 꿈같은 바람을 말했다. 영화를 보다가 초반부터 울었다는 주변 사람들의 간증이 이어졌고, 각종 기사들이 쏟아져 나왔고, 패러디 영상이 이어졌고, 들어가는 카페마다 그 음악이 흘러나왔다. 가히 〈라라랜드〉 열풍이었다. 그날 친구와 들어간 카페에서도 배경 음악은 어김없이 〈라라랜드〉였다.

친구가 말했다.

"이 영화 봤어?"

"봤지. 야, 요즘 이 영화 때문에 난리야, 난리."

"아, 나는 진짜 이 영화 보는데 너무 후회가 되는 거야."

"왜? 그런 연애 못해봐서?"

"아니. 왜 나는 저렇게 등 파인 원피스 하나 못 입어봤지? 그런데 왜 서른일곱 살이 된 거지? 너무너무 후회가 되는 거야."

"야, 그걸 입고 어딜 가냐?"

"아니야. 연말에 딱 하루만 입더라도 그런 원피스 하나쯤은 샀어야 했어. 그 정도 사치는 해도 되는 거였는데… 맨날 입을 수 있는 옷만 사다가 이 나이가 되어버렸네."

〈라라랜드〉에 관한 수많은 감상평을 들은 나였다. 하지만 '등 파인 원피스'가 감상평이 될 수 있다는 건 그날 처음 알았다. 뜬금없는 친구의 고백 덕에 나는 그날 수시로 웃었다. 어쩌다 보니 등 파인 원피스가 친구에겐 돌아갈 수 없는 젊은 시절의 상징이 되어버린 것이었다. 아직도 내 옷장에 고이 걸려 있는 대학 입학식 때 입었던 코트 같은. 살 빠지면 입어야지, 라며 사놓고 한 번도 못 입어본 청바지 같은. 그리고 무엇보다 박스 한 가득 있는 나의 크고 무겁고 화려한 목걸이들 같은.

최근 나를 본 사람들은 상상도 못하겠지만, 예전의 나는 크고 무겁고 화려한 목걸이 마니아였다. 나는 티셔츠에도, 힙합 바지에도, 정장 재킷에도 어울리건 말건 목걸이를 주렁 주렁 하고 돌아다녔다. 오래전 엄마가 외국 여행에서 사온 무거운 목걸이도 내 것이 되었고, 친구가 도대체 하고 다닐 곳이 없다며 보여준 커다란 목걸이도 내 것으로 돌아왔다. 그런 내 모습을 보며 사람들은 간혹 한마디씩 했는데 대충 세 가지 카테고리로 나눌 수 있었다.

1. "야, 이렇게 무거운 걸. 목 안 아프냐?" (40대 이상의 사람들에게서 자주 들은 말이다. 그리고 그들은 꼭 목 디스크로 자연스럽게 이야기를 옮겨갔다.)

2. "너는 똑같은 목걸이들이 많기도 많다." (나와 전혀 취향이 다른 친구들에게서 자주 들은 말이다. 다 다른 목걸인데, 그들 눈에는 그게 잘 안 보였다.)

3. "참 너는 신기한 능력이 있어. 이렇게 화려한 목걸이를 해도 하나도 안 화려해 보여. 진짜 잘 어울려." (어떻게든 상대의 장점을 찾아내는 부류의 사람들에게서 자주 들은 말이다. 세상엔 정말로 이렇게 선한 사람들이 있다.)

3번 말을 나는 정말 칭찬으로 들었다. 하고 싶은 목걸이를 마음껏 해도 과하지 않다니! 화려한 목걸이를 하면서도 전혀 튀고 싶지 않았던 내게 꼭 필요한 말이었다. 그리고 제일 귀담아 듣지 않은 말은 두말할 것도 없이 1번 말이었다. 안 무거웠으니까. 아무렇지도 않았으니까. 그리고 목 디스크라니. 여러분, 저는 20대랍니다. 어린 전 그런 거 몰라요.

하지만 나도 30대가 되고, 이제 40대가 코앞이고, 결국 15년 넘게 고집해온 목걸이와 이별을 고할 때가 오고야 말았다. 예전에는 하루 종일 하고 다녀도 아무렇지 않았던 그 무게가, 이제는 잠깐에도 힘들어졌기 때문이다. 그렇다. 취향 탓이 아니라 내가 절대 내 이야기가 아니라고 생각한 바로 그 목 디스크 때문에 나는 목걸이 사랑을 끝내야만 했다. 슬픈 것은, 내 취향은 전혀 변하지 않았다는 사실이다. 나는 아직도 크고 화려한 목걸이를 보면 자연스럽게 다가간다. 쇼윈도 앞을 떠나지 못한다. 누군가의 목걸이를 한참이나 쳐다본다. 아직은 남은 미련에 거울 앞에서 목걸이를 걸쳐보기도 한다. 그러고는 바로 벗는다. 이제 나에겐 나의 취향을 소화할 목 근육이 없다. 그렇게 나의 목걸이는 나의 과거가 되었다.

물건은 기억한다. 잊고 싶어 구석에 숨겨놓은 나를, 꼭 기억하려고 잘 보이는 곳에 뒀지만 결국 잊어버린 나를, 가장 반짝이던 순간의 나를, 가장 찌질한 순간의 나를, 조금 화려하고 싶어 용기를 냈지만 결국 구석에서 말없이 앉아 있어야만 했던 순간의 나를, 초라한 기분을 없애기 위해 영양가 없는 쇼핑을 해대던 나까지. 잠시나마 잘나가던 나를 빛바랜 채로 기억하는 목걸이도 있고, 결국 선을 넘지 못한 나를 기억하는 등 파인 원피스도 있는 것처럼. 그리하여 차마 버리지 못해 집 안 구석구석 쌓여 있는 물건들의 기억을 읽다 보면 집 전체가 기억의 박물관이라도 된 것 같은 기분이 든다.

결국 각각의 물건들이 뭘 기억하게 될지 우리는 알지 못한다. 행복일 수도 있고, 이별일 수도 있고, 후회일 수도, 이불킥일 수도, 간지러움일 수도 있다. 바라건대 그 기억이 미련만은 아니었으면 좋겠다. '그때 해볼걸', '생각해보면 그땐 어렸는데' 같은 미련을 가지기엔 오늘 우리는 제일 젊으니까.

아무래도 친구에게 등 파인 원피스를 선물해야 할 것 같다.

어떤
선언

집에도 이름이 필요했다. 처음 신혼집으로 이사 와 커피를 마시며 창밖 풍경을 내다보다가 남편에게 말했다. "'망원카페' 어때?" 그 이름이 얼마나 어처구니없는 이름인지 깨닫는 데에는 그다지 오래 걸리지 않았다. '카페'라 부르면서 우리는 그곳에서 매일 맥주만 마시고 있었으니까. 최고의 술친구와 4년을 연애하고, 마침내 같이 살게 된 찰나였다. 그곳에서 우리의 음주력은 나날이 최고치를 갱신하고 있었다.

"카페는 무슨."

"응?"

"망원카페는 이 집에 안 어울려. 이렇게 술만 마시는데…

'망원호프' 어때?"

 "오! 뭔가 쓸쓸히 먼 곳을 바라보며 술 마시는 느낌인데? 좋아!"

 그렇게 우리 집은 '망원호프'가 되었다. 우리도, 부모님도, 친구들도, 회사 사람들도, 모두 우리 집을 '망원호프'라 불렀다. 하도 그렇게 부르다 보니 정말로 술집이라 착각하고 메뉴를 물어오는 사람도 생겼다. 위치를 열심히 검색했다는 사람도 있었다. 심지어 어느 날은 웹툰 〈술꾼도시처녀들〉 속 술집 간판으로도 등장했다. 가문의 영광이라며 그날도 어김없이 술을 마셨다. 집에는 각종 술병이 차곡차곡 쌓였다. 문제는 쌓이는 게 술병뿐만이 아니라는 것이었다. 망원호프 주인장 두 명은 모든 것에 수집욕이 가득한 사람들이었다. 책도, 피규어도, 식물도, CD도, LP도 놀라운 속도로 늘어갔다. 어느 날 우리 집에 놀러온 친구가 단호하게 말했다. "이 집은, 이사 못해." 하지만 해마다 오르는 전셋값과 월세 앞에 방법은 없었다. 우리는 그 모든 것들을 싸 짊어지고 두 번의 이사를 했다. 이삿짐센터 아저씨들에게 끝없이 미안해하며.

 세 번째 이사를 앞두고 우리는 오래 이야기를 했다. 2년마다 이사를 하는 건 너무 소모적이었다. 책도 CD도 피규어도 어딘가에 정착하면 좋을 것 같았다. 무엇보다 우리가 어딘가에 정착하고 싶었다. 더 이상 누군가에게 미안해하고 싶지도 않았고, 더 이상 대충 구겨져서 살고 싶지도 않았다. 답은 하나였다. 집을 사는 것. 그리고 우리가 살고 싶은 집도 하나였다. 우리가 신혼 때 살던 아파트. 더 정확하게 말하면 우리가 살 수 있는 집도 그 집 하나였다. 4년 전 우리가 살았을 때에 비해서 집값이 100만 원도 안 오르고 있었다. 기이하게도.

찬성하는 사람은 아무도 없었다. 엄마는 너무 외진 아파트라고 싫어했다. 부동산에 관심이 많은 이모는 이렇게 작은 아파트는 집값이 오르지 않는다고 반대했다. 부동산 사장님도 고개를 갸웃했다. 하지만 찬성하는 사람이 두 명 있었다. 바로 망원호프 주인장 부부, 나와 남편이었다. 팔기 위해 사는 집이 아니었다. 살기 위해 사는 집이었다. 그리하여 몇 년째 가격 변동이 없는, 앞으로도 없을 그 집을 은행의 도움을 받아서 샀다. 기존에 살던 사람의 계약기간이 끝나는 8개월 후에 우리는 그 집에 들어가기로 했다.

8개월이나 남았는데, 나는 분주했다. 생각할 것이 많았다. 결정해야 할 것도 많았다. 무려 '집'에 관한 결정이었다. 매일의 절반을 보내는 공간, 주인의 삶이 고스란히 드러나는 공간, 어쩔 수 없이 주인을 닮는 공간에 관한 결정이었다. 어디에 무엇을 놓고, 어디를 어떻게 꾸미고, 어디를 어떻게 비울 것인가 고민을 하다 보니 자연스럽게 그 모든 고민은 하나의 고민에 닿았다. '나는 어떻게 살고 싶은가.'

오래전 영어 학원에서 본 영상이 생각났다. 한 영국 아주머니가 자신의 식탁을 소개하면서 삼각형으로 움푹 파인 곳을 자랑스럽게 보여줬다. 자신의 어머니가 평생 이 식탁에서 다림질을 했다고. 평생 이 자리에 뜨거운 다리미를 올렸기 때문에 이렇게 푹 파인 거라는 설명을 듣는 순간 나도 결심했다. 나도 그런 테이블을 가지겠다고. 오래도록 나와 함께 늙어갈 테이블 하나. 그 앞에 앉아 글을 쓰는, 밥을 먹는, 친구들과 수다를 떠는, 술을 마시는, 커피를 마시는, 일을 하는 나를 기억해줄 테이블 하나. 그때 신입사원이었던 나는 월급을 고스란히 털어서 커다란 테이블과 책장을 맞추기로 했다.

주변에 수소문을 해보니 그즈음 선배의 가장 친한 친구가 가구 학교를 졸업하고 막 목수가 되었다고 했다. 나보다 훨씬 작은 체구의 목수 언니를 만나 나의 테이블과 책장을 부탁했다. 요구 사항은 딱 두 개였다. 여러 명이 둘러앉아도 아무 무리가 없도록 테이블은 클 것. 지금 집보다 더 작은 집으로 이사 갈 수도, 더 큰 집으로 이사 갈 수도 있으므로 책장은 사이즈를 마음대로 조절할 수 있을 것. 그러니까 어떤 집으로 이사를 가더라도 이 테이블과 책장은 나와 함께 늙어갈 수 있도록 해줄 것.

초보 목수 언니가 만들어준 테이블과 책장은 내 기준에서 완벽했다. 하지만 목수의 기준에서 언니는 '초보'였고, 수축률이 다른 두 나무를 붙여 테이블을 만드는 실수를 해버렸다. 그리하여 여름이 되면 안쪽 나무의 팽창을 바깥쪽 나무가 견디지 못해 테이블의 모서리들은 무기력하게 벌어졌다가 겨울이 되면 다시 말끔해졌다. 언니는 그 부분을 볼 때마다 부끄러워했지만, 나는 그 부분을 볼 때마다 내 테이블에도 다리미 자국이 생긴 것 같아, 또 하나의 이야기가 덧대어지는 것 같아 유쾌해졌다.

나는 그렇게 살고 싶었다. 우리가 가진 것들과 사이좋게 늙어가고 싶었다. 미니멀리스트에 관한 책들이 판을 치고 있었지만, 나는 우리를 잘 알았다. 죽었다 깨나도 우리는 미니멀리스트 근처에도 못 가는 사람이었다. 내 취향으로 말할 것 같으면 거실 한가운데에 모서리가 벌어지는 테이블을 놓고, 그 맞은편에 오래된 내 책장을 놓고, 오래전 여행에서 사온 장난감 비행기 옆에 얼마 전 내가 직접 만든 도자기 화병까지 꺼내놓고 사는 것이었다. 우리들의 그 모든 수집품들과 가구들과 오래도록 이야기를 쌓으며 살아가는 것이었다. 그렇다면 망원호프는 그 모든 시간을 담는 그릇이 되어야만 했다.

각종 외국 잡지와 인테리어 사이트를 돌아다니며 준비했다. 수납은 어떤 식이면 좋을지, 우리의 행동 패턴을 분석해 볼 때 구석구석 무엇이 필요한지, 벽과 타일 색깔은 어떠면 좋을지, 그리하여 전체적인 분위기는 어떠면 좋을지 8개월을 고민하고 준비했다. 문제는 돈이었다. 인테리어 견적 앞에서 나는 오래 망설였다. 매우 합당한 금액이었지만, 우리에게는 무리인 금액이었다. 뭘 이렇게까지 하려고 하나. 이래도 되는 건가. 마음이 불편해진 나는 남편에게 말했다.

"최소한으로 할까? 이 정도까지 무리할 필요는 없는 것 같아."

"그렇게 하면 당신이 만족할 수 있을 것 같아?"

"…아니."

"민철 씨. 나는 이게 하나의 선언이라고 생각해. 우리는 이렇게 살겠다는 선언."

그 말을 오래오래 곱씹었다. 그렇다. 이 집은 우리의 선언이었다. 과도한 대출을 받아서 비싼 동네에 비싼 집을 사고 그게 오를 거라 기대를 하며 하루하루 빚을 갚으며 지금의 행복을 유예하는 삶에 대한 거부. 우리 깜냥의 대출을 받아서 오를 거라는 기대도 없이 나중에 부자가 될 거라는 희망도 없이 지금 잘 꾸며놓고 지금 잘 살겠다는 선언. 누가 어떤 말을 하더라도 우리 둘이 괜찮으면 괜찮다는 우리 삶에 대한 선언. 눈을 질끈 감았다. 마음을 단단히 묶었다. 그렇게 공사가 시작되었다.

밤늦도록 벽지 책을 펼쳐놓고 색깔의 바다에서 내 취향의 색을 골라냈다. 물론 나는 아마추어였고, 그래서 이상한 색을 골라버리는 실수를 하기도 했다. (내 눈에만 보이는 그 실수 때문에 며칠 밤을 뜬눈으로 지새웠다.) 좀 과격해져 보겠다고 방문은 전부 코발트색으로 만들어버렸다. (그리스 산토리니냐고 종종 사람들이 놀린다. 이 색깔 때문에 또 며칠 머리를 쥐어뜯었다.) 어쨌거나 대학교 때 산 이케아 캐비닛부터 목수 언니가 만들어준 테이블과 책장과 각종 피규어까지 새 집에 자리를 잡았다. 발바닥이 부어오르도록 정리를 하고 하고 또 했다.

몇 주 후 엄마와 이모가 우리 집에 다녀갔다. 가장 반대하던 그들이었기에 나는 침을 꼴깍 삼켰다. 하지만 기우였다. 그들은 우리가 꾸며놓은 집을 보는 순간, 단숨에 우리의 선언을 이해했다. 그때 알았다. 원하는 대로, 내 취향대로 살아버리는 것은 그 어떤 말보다 강력한 선언이라는 것을. 내 인생을 선언할 권리는 결국 나에게 있다는 것을.

그렇게 망원호프는 우리 삶에 대한 선언이 되어버렸다.

안사람
바깥사람

"남자친구는 무슨 일 해?"

"학생이야."

3년 9개월 후에 질문과 대답은 이렇게 바뀌었다.

"남편은 무슨 일 해?"

"학생이야."

물론 질문은 이어졌다.

"무슨 학생?"

"역사 공부해. 박사과정."

"돈은 네가 벌고?"

"그렇지."

"우와. 민철, 나랑 결혼해주면 안 돼?"

"번호표 뽑고 기다려. 앞에 대기인원이 많아."

남편은 학생이라 집에 있고, 나는 회사에 나와 돈을 번다는 사실에 사람들은 앞다투어 나에게 청혼을 했다. 남자건 여자건 가리지 않고. 연상이든 연하든 상관없이. 단 하나의 공통점은 그들 모두가 직장인이라는 것. 그러니까 직장인의 마음 깊숙한 어딘가에는 주부의 로망이 자리하고 있는 것이다. 남편 혹은 아내를 출근시키고 난 후 여유롭게 커피 한 잔 마시는 일상에 대한 꿈. 물론 현실은 결코 그 꿈과 같지 않지만.

어쨌거나 사정이 그러하다 보니 연애할 때도 내가 지갑을 여는 일이 많았고, 결혼 후에는 내가 본격 가장이 되었다. 결혼하기 직전, 남편과 컴퓨터 앞에 나란히 앉았다. 엑셀 파일을 열고, 내 월급을 맨 위에 적었다. 그게 우리의 유일한 수입원이었으므로. 그리고 그 밑으로 우리의 지출 내역들을 적어나갔다. 통신비, 관리비, 생활비, 교통비, 적금, 보험금 등등. 쭉 적고 나니 딱 5천 원이 남았다. 한 달에 커피 한 잔의 여유만 남는 집이라니. 그 표를 보고 있자니 갑자기 큰 깨달음이 나를 스쳐 지나갔다. 나는 의자에서 벌떡 일어나며 말했다.

"백화점 가자. 사고 싶은 거 있으면 지금 사야 해. 결혼하면 못 살 것 같아."

결혼식을 준비하는 시기였던지라 소비에 대한 감이 최고로 오른 것과 동시에 돈에 대한 현실감은 최저로 떨어진 시기였다. 100만 원, 200만 원이 우습게 나가는 시기. 지금이 아니면 상당히 오랫동안 아무것도 못 살 것 같다는 무서운 예감. 그날, 나는 꼭 필요한 게 아니어도 우선 샀다. 언젠가 쓸 것 같으면 우선 장바구니에 담았다. 한 집안의 가장이 되기 전 마지막 의례처럼 무절제하게 쇼핑한 날이 내게도 있었다.

우려와 달리 우리의 결혼 생활은 평탄했다. 아침에 일어나 내가 씻고 화장을 하는 동안 남편은 아침상을 차리고 내 점심 도시락을 쌌다. 물론 도시락 반찬의 절반 이상은 시어머니의 솜씨였다. 시어머니는 결혼 전에는 남편이 먹을 반찬을 서울로 부쳤고, 결혼 후에는 며느리가 먹을 반찬까지 서울로 부쳤다. 간혹 식재료를 부치는 날이면 시어머니는 꼭 남편에게 전화를 해서 요리법을 알려주고 한마디를 덧붙였다. "그렇게 만들어서 민철이 먹여." 며느리가 무슨 힘이 있겠는가. 시어머니의 말씀을 따를 수밖에. 그래서 나는 언제나 시어머니를 거쳐 남편이 만든 그 모든 것들을 맛있게 먹었다.

아침도 남편이 했고, 점심도 남편이 싸준 도시락을 먹었으니 저녁은 내가 할 때가 많았다. 퇴근하고 와서 안 귀찮으냐고 남편은 늘 미안해했지만, 나로서는 도리가 없었다. 블로그에서 본 신기한 외국 요리들을 따라해볼 수 있는 유일한 시간이 저녁식사였기 때문에. 그걸 죄책감 없이 실험해볼 수 있는 유일한 상대가 남편이었기 때문에. 그래서 높은 확률로 저녁은 각종 외국 음식들의 실험실이 되었다. 오븐이 돌아가고, 신기한 향신료들이 자꾸 등장했다 사라졌다. 그 많은 실험 끝에 결국 우리 집에 정착한 것은 파스타밖에 없지만. 어쨌거나 그때 우리는 파스타를 먹으며, 치킨을 먹으며, 정체불명의 요리들을 먹으며 우리만의 생활 패턴을 만들어갔다. 자연스럽게도. 당연하게도.

하지만 우리를 바라보는 사람들은 우리의 관계를 자연스럽거나 당연하게 받아들이지 않았다. 어색해하고, 신기해했다. 실은 그 시선은 연애를 할 때에도 마찬가지였다. 남자친구가 학생이라고 말을 하면 사람들은 꼭 내게 물었다.

"그럼 데이트할 때 네가 돈을 많이 내겠네?"

"그렇지."

"괜찮아?"

"뭐가?"

"남자친구는 자존심 상해하지 않아?"

"그런가? 아닐걸?"

그런 질문이 반복이 되다 보니 어느 날 나도 정말 궁금해졌다. 이 남자는 괜찮은지. 드라마에 나오는 남자들처럼, 인터넷 게시판에 올라오는 남자들처럼, 경제력이 있는 여자에게 열등감을 느끼고, 사사건건 자격지심이 폭발하는데 참고 있는 건 아닌지. 내가 괜찮다고 남자친구까지 괜찮으리라는 보장은 없으니까. 그래서 조심스럽게 물었다.

"내가 이렇게 맨날 계산하면 자존심 막 상하고 그래?"

"왜 자존심 상해?"

"드라마 같은 거 보면, 그런 거에 열등감을 느끼고 결국 헤어지자 그러는 남자들 많잖아."

"난 드라마 주인공 아닌데 뭐."

말만 그런 게 아니라, 실제로 남자친구는 나에게 미안해할지언정 자존심을 내세우진 않았다. 각자가 살아가는 방식이 다르고, 선택한 길이 다르고, 그리하여 돈을 버는 시기와 방식이 다른 건 당연한 이치니까. 거기에 '남녀'라는 잣대는 전혀 필요하지 않았으니까. 사람들이 어떻게 보건 말건 우리의 관계와는 별개의 이야기였으니까.

결혼 후 남편은 나를 자연스럽게 '바깥사람'으로, 자신은

'안사람'으로 소개했다. 말 그대로 나는 밖에 나가서 일하는 사람이었고, 자기는 안에서 공부하는 사람이었으니까. 그렇게 소개하는 것만으로도 말 자체의 편견은 옅어지고, 사람들의 고정관념은 금 가기 시작했다. 그렇게 편견과 고정관념이 사라진 자리엔 웃음이 들어섰다. "하하하. 진짜 그렇네요. 집에서 있는 사람이 안사람이죠. 그게 남자든 여자든."

그렇다. '남자'라는 말에 스스로를 가두지 않았을 뿐인데, '여자'라는 말에 상대를 가두지 않았을 뿐인데, 그러니까 모든 가능성에서 성별을 제거했을 뿐인데 다른 방식의 삶이 시작되었다. 다른 방식의 행복이 뒤따라오게 되었다. 지금도 나는 대부분의 시간을 바깥사람으로 지내고, 남편은 대부분의 시간을 안사람으로 지내고 있다. 지금도 우리는 우리만의 방식대로 행복하다.

봄밤의
조르바

곤란하다. 참으로 곤란하다. 이 곤란함은 내가 만든 것이기에 더욱 곤란하다. '모든 요일의 여행'. 내가 쓴 책의 제목이다. '모든 요일'이라니. 월화수목금토일 여행을 한다는 뜻인 걸까? 그게 도대체 가능한 일인 걸까? 한국에서? 이 사회에서? 합당한 의심이다. 그러니 사람들은 자꾸 묻는다.

"평소에도 여행 자주 다니시죠?"

물론 나는 이렇게 대답하고 싶다.

"네. 지난 주말에는 서울성곽을 따라 걸었는데, 매화가 벌써 다 피었더라고요. 다음 주엔 남도로 여행을 갈 생각이고, 그다음 주에는…."

하지만 명백히 이 대답은 거짓이다. 나는 절대 주말엔 집 밖에 나가지 않으니까. 집 앞 슈퍼에도 나가지 않으니까. 일본의 한 아이돌 그룹 멤버가 "쉬는 날에 집에 안 있으면 집값이 아까워요. 뭘 위해서 돈을 내고 있는 건지, 그렇게 생각하니까 더 안 나가게 되었어요"라는 말을 했다는데, 내 말이 그 말이다. 나가야 할 일이 생기면 나도 순식간에 세상에서 제일 억울한 사람이 되어버린다. '주말에 집 밖에 나가야 하다니. 이게 무슨 날벼락인가. 주 5일이나 집 밖에 나갔는데, 주말에도 나가야 하다니. 아, 억울하다 억울해.' 그러다 보니 휴가를 내고 일주일 내내 집에만 있었던 적도 있다. 그때에는 정말 대문 밖으로 한 번도 안 나갔다. 그래서 행복했고. 이놈의 집순이 DNA 덕분에 봄도, 여름도, 가을도, 겨울도 늘 집 안에서 바라본다. 마치 창문이 거실에 걸린 액자라도 되는 것처럼. 하지만 나의 카피라이터 선배인 김하나 작가는 나와 다르다. 한참 다르다.

벌써 오래전 일이다. 그날은 퇴근 후 각자의 집으로 돌아가는 대신 함께 선배의 집으로 갔다. 다음 날 새벽같이 출근해야 하는데, 우리 집인 용인까지 갔다 오기엔 부담스러웠기 때문이다. 선배도 기꺼이 재워주겠다고 말했고. 어쨌거나 우리는 평소처럼 술을 진탕 마시고, 선배의 집으로 가서 잘 준비를 했다. 먼저 샤워를 하고 나온 나는 선배가 미리 바닥에 깔아놓은 이불 속으로 들어갔다. 그다음부터는 정신력과의 싸움이었다. 나는 정말 언제나, 어디서나, 머리만 닿으면 1초 만에 잠드는 신비한 능력을 가진 사람인데, 억지로 잠을 내쫓으며 선배의 샤워가 끝나길 기다렸다. 잘 자란 인사 정도는 건네고 잠들기 위해. 나는 예의바른 후배니까. 끈질기게 기다렸더니 드디어 문이 열리고 선배가 나와 내 이름을 불렀다.

"철군." (선배는 늘 나를 이렇게 부른다.)

"네."

"살다 보면 말이야."

"네."

"좋은 날도 있고 나쁜 날도 있지. 그러니까 말이야 좋은 날이 왔을 때 우리는, 그날을 최대한 길게 늘려야 해."

"네."

"나가자."

"네?"

봄밤이었다. 잠옷 위에 재킷을 껴입었다. 둘 다 머리는 젖은 상태로, 집을 나섰다. 봄이라도 밤에는 바람이 찼다. 그 바람을 가로지르며 선배가 앞장섰다. 그녀는 차들이 쌩쌩 달리는 큰길을 지나, 나지막하고 오래된 아파트 단지 안으로 들어섰다.

갑자기 벚꽃이 별처럼 내렸다. 아파트만큼이나 오래되었음이 분명한 굵은 벚꽃나무들은 그 해에도 아낌없이 벚꽃을 피워내는 중이었다. 가로등불보다 더 빛나는 벚꽃이었다. 고개를 뒤로 젖히고 벚꽃을 아끼지 않고 눈에 담았다. 선배는 휘적휘적 걸어 아파트 단지 저 안쪽으로 들어갔다. 그녀를 놓칠까 나도 잰걸음으로 따라 안으로, 안으로 들어갔다. 그리고 갑자기, 한강이 눈앞에 펼쳐졌다.

"와! 죽이네, 여기."

"좋지? 너무 좋지? 여기 정말 내가 너무 사랑하는 곳이야."

그러더니 선배는 한강이 내려다보이는 그 풀밭에 강아지처럼 뒹굴었다. 너무 천진난만하게 뒹구는 모습을 보며, 나도 이렇게 앞뒤 안 가리고 온몸으로 좋아할 수 있다면 얼마나 좋을까, 라고 잠깐 생각했다. 나는 아무리 좋아도 잠옷을 입고 풀밭을 뒹굴 만큼 이성의 끈을 놓아버릴 수 없는 사람이었으니까. 술을 마시고도, 그 밤에 그토록 이성을 붙잡고 있는 사람이었으니까. 선배와 나는 마치 《그리스인 조르바》에 나오는 조르바와 두목 같았다. 그 순간을 아낌없이 온몸으로 살아버리는 조르바. 그리고 그런 조르바를 한없이 동경하면서도 결코 이성의 끈을 놓아버리지 못하는 두목.

> 두목! 당신에게 할 말이 아주 많소. 사람을 당신만큼 사랑해본 적이 없어요. 하고 싶은 말이 쌓이고 쌓였지만 내 혀로는 안 돼요. 춤으로 보여 드리지. 자, 갑시다!
>
> _니코스 카잔차키스, 《그리스인 조르바》

그 아름다운 봄밤, 나는 풀밭을 뒹굴며 온몸으로 봄을 받아들이고 있는 선배를 부러운 눈빛으로 바라보다가, 벚꽃을 바라보다가, 한강을 내려다보았다. 멀뚱멀뚱 서서 봄밤을 바라보았다. 풀밭을 뒹구는 선배에게도, 가만히 서 있는 나에게도 좋은 봄밤이었다. 어쨌거나 선배가 말한 것처럼, 좋은 날이 왔고, 우리는 기꺼이 그날을 최대치로 늘린 것이다. 우리의 임무를 완수했으므로 다시 벚꽃 터널을 지나, 오래된 아파트를 지나, 선배 집으로 돌아왔다. 산책 때문인지, 내가 있어서인지, 평소 불면증으로 고생하던 선배가 먼저 잠들었다. 선배의 고른 숨소리를 들으며 나도 바로 잠들었다.

다음 날 아침, 출근 준비를 하면서 내가 말했다.

"어젯밤, 벚꽃 산책 진짜 좋았어요."

"벚꽃 산책?"

"응."

"누가? 우리가?"

이럴 수가. 설마 기억을 못하는 것인가. 완전 어이없다는 표정으로 선배에게 말했다.

"살다 보면 좋은 날도 있고 나쁜 날도 있는데, 좋은 날이 오면 최대한 길게 늘려야 한다며. 그래서 나 데리고 나갔잖아요."

"아, 아. 기억난다. 거기 벚꽃 너무 좋지?"

"완전 완전 완전 좋았어요. 선배는 좋다면서 풀밭에서 막 뒹굴었잖아."

선배의 표정이 갑자기 굳었다. 그러더니 내 눈을 똑바로 쳐다보면서 말했다.

"내가 뒹굴었다고? 그 풀밭에서?"

"응. 한강 내려다보이는 그 풀밭에서. 나도 같이 뒹굴까 하다가, 나는 관뒀지 뭐."

"진짜 내가 뒹굴었어? 거기에?"

"응. 기억 안 나요?"

"거기 완전… 온 동네 개들이 다 와서 볼일 보는 풀밭이야… 내가… 거길… 뒹굴었다고?"

나도 완전 굳은 표정으로 선배를 잠깐 바라봤다. 또 선배의 필름이 끊어졌던 것이다. 이제 내가 뒹굴 차례였다. 나는 그 자리에서 배를 잡고 뒹굴었다. 으하하하하하하하하.

개똥밭에 뒹굴어도 이승이 낫다고 그랬던가. 그렇다면 나는 그 말을 이렇게 바꾸고 싶다. 개똥밭에 뒹굴어도 봄밤은 아름답다고. 그 봄밤은 십여 년이 지난 지금까지도 나에게 뭐라 말할 수 없는 아름다움으로 기억되고 있으니까. 그러니 가끔 생각하는 것이다. 제발, 게으른 나여, 제발, 집을 박차고 밖으로 나가 보자꾸나. 오늘을 좋은 날로 만들어보자꾸나. 선배의 말대로 좋은 날이 오면 최대한 늘리는 것이 우리의 의무고, 오늘은 그 의무를 수행하기에 가장 좋은 날이 될지도 모르니까.

멋진 언니,
더 많이 원합니다

    선배에게 연락을 받았다. 딸이 이제 학교에 입학한다고. 책가방을 사러 같이 가자고.

    "아무래도 애가 자기 취향이 뚜렷해서, 지 마음에 드는 책가방을 금방 고를 거야. 어휴, 새학기가 되니까 준비할 게 한두 가지가 아니네."

    선배의 입에서 흘러나오는 '입학'이니 '책가방'이니 '새학기'니 하는 단어들을 듣고 있다가 문득 깨달았다. 그런 단어들로부터 이제는 너무 멀리 와버렸다는 걸. 나에게도 1년에 두 번 '새학기'라는 말을 듣고, 3년에 한 번은 '입학'이라는 단어를 들어야만 했던 시절이 있었는데 말이다. '시험'이란 단

어가 내게서 영영 멀어져버렸다는 걸 깨달았을 때 느낀 해방
감과는 다른, 뭔가 아스라한 기분이었다. 새학기의 낯선 교
실 분위기가 떠올랐다. 누가 누구인지도 모르고, 누가 내 친
구가 될 수 있을지도 알 수 없어 서로가 서로를 탐색하는, 그
설레면서도 긴장감 도는 공기가 훅 느껴졌다. 그리고 그 공기
를 가로지르며 들어왔던 한 언니까지 생각났다. 떨림 하나
없던 표정과 주저함 하나 없던 목소리까지.

"안녕하세요. 저는 탈춤 동아리 회장, 2학년 ○○○입니
다. 이미 많은 선배들이 자기 동아리 소개하러 왔었죠? 저는
오늘 여러분에게 저희 탈춤 동아리를 소개하려고 해요."

내가 입학한 여고는 공부를 혹독하게 시키는 걸로 유명한
학교였다. 하지만 신기하게도 각종 동아리들도 넘쳐나는 학
교였다. 방송반, 만화반, 사진반, 춤 동아리 등등. 쉬는 시간
이면 아직 중학생의 어설픔이 가시지 않은 우리들을 앞에 놓
고 선배들의 구애가 이어졌다.

"장롱 안에 뒤져보면 다들 카메라 하나는 있을 거예요."

"우리 방송반은요…."

하지만 나는 이제 어엿한 고등학생. 공부에 매진해야 한
다는 결연한 의지로 가득 차 있었다. 공부! 그래, 공부다! 서
울로 대학교를 가는 거다! 대구를 떠나는 거다! 동아리 따위

에 나눠줄 마음 같은 건 없었다. 그래서 어떤 언니들이 들어 와도 늘 듣는 둥 마는 둥이었다. 그런데? 이번엔 달랐다. 그 언니의 목소리가 귀에 쏙쏙 들어왔다. 친절한 말투였지만 우 렁찬 목소리였고, 차근차근 설명하고 있지만 말끝은 단호했 다. 멍하니 그 언니를 바라보며 나는 탈춤반에 운명처럼 끌려 가고 있었다. 그렇게까지 그 언니가 탈춤에 대해 잘 설명했냐 고? 아니, 그보다 나는 그 언니에게 반해버린 것이었다. 요즘 말로 '걸크러시'. 물론, 그때는 그런 단어가 존재하는지도 몰 랐지만. 어쨌거나 나는 결심했다. 공부 대신 탈춤에 온몸을 내던지기로.

당장 담임선생님이 난리가 났다. 반에서 공부깨나 한다는 학생이 갑자기 공부가 아닌 탈춤을 추겠다고 나섰으니. 각종 회유부터 협박이 이어졌고, 결국 엄마가 학교에 불려오는 사 태에 이르렀다. 어른들이 그러건 말건, 나는 이미 탈춤반의 문턱을 넘은 후였다.

첫날, 열 명도 넘는 탈춤반 지망생들을 앉혀놓고 2학년 언니들은 탈춤 공연을 한바탕했다. 기생이 나오고, 파계승이 나오고, 양반과 선비가 나오고, 이매(바보 역할)가 나왔다. 그 리고 내가 반했던 그 언니는? 소와 함께 나왔다. 그 언니의 역할은 다름 아닌, 백정이었다.

천민 중의 천민, 백정. 그 언니는 가짜 소의 배를 가르고, 내장을 꺼내고, 우랑을 자르고, 우리들에게 그걸 팔았다. 교탁 앞에서 그랬던 것처럼 언니의 동작엔 거침이 없었다. 물 흐르듯이 모든 대사가 흘러갔다. 심지어 백정은 여러 마당에 출연했다. 나는 점점 초조해졌다. '저렇게 멋있는 역할이니까 전부 다 백정에 지원하면 어쩌지? 저것 봐, 저것 봐. 백정은 저렇게 대사도 많고, 완전 탈춤의 중심 역할인데, 나 같은 게 될 리가 없어.'

세상 제일 쓸데없는 걱정이었다. 누가 백정 같은 게 되고 싶기나 하다고. 아무도, 정말 아무도 지원하지 않았다. 그래서 나는 1:1의 경쟁률을 뚫고, 아주 무난히 백정 역할에 안착했다. 멋있는 그 언니의 직속 후배가 된 것이었다.

문제는 그때부터 시작이었다. 나는 나를 전혀 몰랐던 것이다. 탈춤이라니. 춤이라니. 몸으로 뭔가를 하겠다니. 아이고 김민철아. 어릴 적 개다리춤도 못 춘 주제에. 무용 시간에 제일 몸치였던 주제에. 이 몸뚱아리에, 춤이라니. 나는 아침에 학교로 걸어가며 팔 동작을 연습했고, 점심시간엔 건물 뒤로 가서 걸음걸이를 연습했고, 저녁에 집에 가며 둘을 합쳐보았다. 농담이 아니라, 정말로 사람들이 지나다니는 길을 백정처럼 걸어갔다. 아니, 걸어가려고 노력을 했다. 하지만 언제나 실패였다. 실패. 또 실패.

명백한 실패 앞에 언니는 가장 먼저 나의 춤 감각을 포기했다.

"너, 춤을 잘 추는 편은 아니구나. 그래, 한 동작 한 동작 외워가며 추면 되지. 다시 해볼까?"

하지만 다시 실패. 다음으로 언니는 나의 춤을 포기했다.

"그래, 민철아, 걸음걸이부터 해보자. 걸음걸이가 완성되면 춤은 자연스럽게 될 거야. 오른쪽 발이 앞으로 나갈 때 어깨가… 아니, 내가 하는 거 자세히 봐봐. 이렇게."

하지만 또 실패. 어떻게 해도 실패. 결국 실패. 나는 나를 포기할 수밖에 없었다. 울고만 싶었다. 매일 생각했다. 여기서 그만둬야 하나. 결국 내가 모든 걸 망쳐버리게 될 거야. 지금이라도 그만둔다고 말해야 할까.

하지만 언니는 나를 포기하지 않았다. 아니, 전혀 포기할 생각이 없었다. 거울 앞에 나란히 서서 걸음걸이 하나부터 다시, 다시, 또 다시 연습시켰다. 다른 친구들은 연습시간에 잘 나오지도 않는데, 난 한 번도 빠질 수 없었다. 몸살이 났을 때에도 연습에 나갔다. 심지어 여름방학 때는 하루에 네 시간씩 땡볕에서 연습했다. 햇빛 알레르기 때문에 긴팔 옷을 입고도 꾸역꾸역. 1년을 꼬박. 물론 성적은 끝도 모르고 떨어졌다. 나는 점점 백정이 되어갔고, 그래서 나는 좋았다. 나라는 여고생의 꿈은 명백히 백정이었으니까.

내가 그 언니처럼 멋있는 백정이 되고 싶어 안달하는 동안, 친구들도 각자의 멋진 언니들을 찾아냈다. 5월 체육대회가 분기점이었다. 단연 돋보이는 농구 실력을 자랑하는 언니가 있었다. 그 언니가 지나갈 때마다 친구들은 소리를 질렀다. 그 언니처럼 머리를 숏컷으로 자르는 아이들이 늘어났고, 그 언니 책상엔 사탕이 쌓였다. 그 언니가 "시험 잘 쳐요" 한마디 해줬다고 황홀경에 빠져 있던 친구의 표정은 아직도 생생하다.

또 한 무리의 친구들은 체육대회 때 H.O.T와 똑같이 춤을 춘 언니 뒤를 쫓아다녔다. 그 언니처럼 헐렁하게 바지를 내려 입었고, 그 언니처럼 앞머리를 길게, 뒷머리를 짧게 잘랐다. 그 언니 자리에도 사탕과 편지는 잔뜩 쌓였다.

그렇다. 우리에겐 언제나 멋진 언니들이 있었다. 물론 우리가 2학년이 되었을 때는 내 친구들을 보며 소리를 지르는 1학년들이 생겨났다. 이해할 순 없었지만, 불과 1년 전의 나를 생각하면 이해 못할 것도 없었다. 여고생들에게는 멋진 언니가 필요했으니까. 멋진 언니들을 보면서 우리는 무심하게 멋 내는 법을 배웠고, 세련되게 말하는 법을 배웠고, 똑 부러지게 행동하는 법을 배웠다. 물론 나는 백정이 되는 법을 배웠지만.

사회에 나와서도 나는 종종 그때 그 언니들을 생각했다. 그리고 그땐 그렇게 많았던 멋진 언니들을 왜 이제는 이토록 만나기 힘든 것인가 생각했다. 압도적으로 많은 남자 선배들. 결혼을 했다며, 아이가 학교에 들어간다며, 남편이 외국에 발령났다며, 혹은 불합리하게 떠밀려 결국은 떠난 수많은 여자 선배들과 동료들. 물론 그 모든 난관을 뚫고 드물게 마주치는 여자 선배들이 있었다. 그토록 바라던 좋은 여자 선배도 많았지만, 이미 명예 남성이 되어버린 선배도, 실력 대신 인맥에 대한 말만 무성한 선배도 많았다.

그럴수록 조금이라도 멋있는 언니들을 만나면 그 모습을 마음속에 기어코 간직하려고 했다. 상사 앞에서도 기죽지 않고 끝까지 자기 의견을 말하던 언니. 모두가 흥분한 자리에서도 끝까지 부드럽게 설명하던 언니. 힘든 일을 힘들다는 말 한마디 없이 끝까지 해내던 언니. 일할 때에는 똑 부러지다가도 사석에서는 격의 없이 후배들을 대하는 언니. 그리고 무엇보다 남자들만 가득한 이 사회에서 끝까지 자기 자리를 지켜주는 언니까지 빼놓지 않고 맘에 새겼다.

그리고 올해 초, 온 국민이 갑자기 여자 컬링 팀킴의 멋있음에 뽕 가서 "저 언니들 너무 멋져!"라고 자신도 모르게 외쳤던 그날 문득 깨달았다. 언니든 동생이든 상관없이 이 사회에는 멋진 여자들이 더 많이 필요하다는 사실을. 남자들이 주축이 되어 만들어놓은 불합리한 룰을 뛰어넘는 멋있는 여자들이 더 많이 나와야 한다는 사실을. 그렇다. 더 많은 여성 임원이, 여성 심사위원이, 여성 면접관이, 여성 감독이, 여성 지휘자가, 여성 정치인이, 여성 대표가, 그러니까 우리에겐 더 많은 여자들이 필요하다. 더 다양한 목소리가 필요하다. 더 평등한 힘이 필요하다. 그들로 인해 세상은 더 이상 전과 같지 않을 것이다. 그러므로 간절한 마음으로 다음 문장을 쓴다.

멋진 언니, 멋진 동생, 더 많이 원합니다.

관대한
사람

　오랫동안 변덕은 나의 약점이었다. 그렇게 졸라서 다니기 시작한 학원을, 고작 한 번 가보고 그만두겠다고 난리를 부렸다. "엄마, 수업을 듣는데 숨이 안 쉬어져꼬, 못 다니겠다." 숨이 잘 안 쉬어진다는 것도 나의 오랜 핑계였다. 뭔가가 마음에 안 들면 실제로 숨 쉬는 게 힘들어지곤 했다. 그 핑계로, 다른 별의별 핑계로 나는 한때 열심히 하던 대부분의 것들을 다 그만뒀다. 나의 핑계 아래 스러져간 수많은 언어와 운동과 공부들. 제대로 하는 건 한 톨도 안 남긴 나의 과거들. 하지만 마흔을 목전에 둔 지금, 나는 불명예스러운 과거를 거의 청산했다고 할 수 있다. 그리고 그것은 순전히 도예 덕분이다.

도예 공방에 간다고 말하면 사람들은 언제나 같은 반응이다.

"아직도 다녀? 대단하다."

심지어 한 친구는 나에게 이렇게 말했다.

"너는 진짜 끈기가 있는 것 같아. 도대체 몇 년째야?"

물론 우리 엄마가 이 말을 듣는다면 완전 비웃겠지만.

"니가 끈기가 있다고? 아이고야. 어릴 때 쪼매만 마음에 안 들면 숨을 못 쉬겠다고 그 난리를…."

어쨌거나 다니고 있다. 벌써 8년째다. 8년을 다닌 거면 이젠 진짜 잘 만들겠네, 라고 오해하면 곤란하다. 수시로 선생님을 불러서 도와달라고 말하는 게 일과의 대부분이다. 망쳐버린 흙을 떼어내는 것이 나머지 일과의 반을 차지하고 있고. 매번 그런 식이다 보니 뼈저리게 느낀다. 재능이 없다는 건 이런 거구나. 해도 안 된다는 건 이런 느낌이구나. 없는 재능을 긁어모아 뭔가를 만들면 이런 모양이 나오는구나. 그럼에도 불구하고 절망감을 타박타박 디디며 매주 공방 문을 열면 정말 다양한 이유로 그곳에서 뭔가를 만들고 있는 다양한 사람들을 만나게 된다. 그 사실이 묘한 위로가 된다. 다들 회사만으로는, 공부만으로는, 살림만으로는 채워지지 않는 마음 한구석을 고운 흙으로 메우고 있는 느낌이랄까. 그중 첫날부터 눈에 띄는 아저씨가 있었다.

공방의 가장 구석 자리에서 아저씨는 달항아리를 만들고 있었다. 커다란 백자 항아리. 항아리의 아래쪽 반을 만들고, 그다음에 위쪽 반을 만들어서 그 둘을 이음새 없도록 꼼꼼히 이어서 만들어야 하는 게 달항아리였다. 그게 말이 쉽지 아랫부분에 들어가는 흙만 15킬로그램, 윗부분에 들어가는 흙이 또 15킬로그램이었다. 흙 반죽만 해도 녹초가 될 수밖에 없었다. 근데 그 흙을 물레에 올려 끝없이 돌리며 중심을 잡고, 균일한 두께로 둥글게 둥글게 손을 움직이며 반원 형태로 만들어야만 했다. 심지어 하나 만든다고 될 일이 아니었다. 똑같은 지름으로 윗부분을 또 만들어야 했다. 그냥 취미라기엔 너무 고행 길처럼 보였다. 적어도 내겐.

"계속 달항아리만 만드신 거예요?"

"달항아리를 만들고 싶어서 도예를 시작한 거라서…."

"처음부터 달항아리만 만드셨다고요?"

"처음 2주 정도는 기초를 배우다가 그냥 바로 물레 앞에 앉았어요. 죽이 되든 밥이 되든 해본 거지. 난 딴 거엔 관심 없었거든요. 달항아리를 만들러 왔으니, 달항아리를 만들자

했던 거죠. 금방 만들고 그만둘 수 있을 줄 알았어요. 근데 몇 년째 이러고 있네."

나로서는 상상할 수도 없는 과정을 아저씨는 끝없이 반복했다. 몇 달에 걸쳐서 달항아리 하나를 만들고, 그걸 미치도록 꼼꼼하게 다듬고, 정말로 완벽해진 순간이 오면 속도를 줄여 천천히 다듬고 또 다듬었다. 내 물레의 속도가 시속 100킬로미터라면 아저씨 물레의 속도는 시속 5킬로미터라고 설명하면 되려나? 천천히, 놓치는 구석 하나 없이, 꼼꼼히, 보는 사람마다 혀를 내두를 정도로 취향을 가다듬었다.

아저씨는 언제나 나보다 일찍 와서 시작했고, 나보다 늦게까지 남아 있었다. 어쨌거나 몇 달에 하나씩, 그렇게 몇 년을 만들었으면 지금쯤 달항아리를 도대체 몇 개나 완성한 걸까? 그건 다 집에 가져다 놓았나? 그나저나, 제일 마음에 드는 달항아리는 도대체 어떤 거였을까?

"완성은요. 몇 년째 했는데 하나도 완성 못했어요. 저기 저거. 전시회에 내야 된다고 그러셔서 한번 구워봤네."

과정도 믿을 수 없었지만 결과는 더 믿을 수 없었다. 아저씨는 몇 달에 걸쳐서 달항아리를 만들고, 그걸 다듬고, 정성을 다해 말리고, 모든 각도에서 찬찬히 다 살펴본 다음, 그걸 부쉈다. 내가 보기에는 완벽한 달항아리가, '드디어 완성!'이라며 파티를 해도 모자랄 몇 달의 노력이, 차근차근 부숴져서 다시 흙통으로 들어갔다. 그러고는? 다시 처음부터 시작이었다. 달항아리가 다시 진흙으로 돌아가고, 석고틀 위에서 흙으로 변하고, 아저씨는 그 엄청난 흙을 다시 반죽하기 시작하고, 다시 물레를 돌렸다. 언젠가는 완벽한 달항아리 하나를 만들 수 있을 거라는 희망을 연료로 삼아. 취미라도 완벽하게, 꼼꼼하게, 내 마음에 들 때까지. 세상에는 그런 취미의 세계도 있는 것이다.

8년을 했으면 나도 달항아리 정도는 만들어줘야 하는 게 아니냐고? 그런 기대에 찬 눈빛은 정중히 사양한다. 매번, 아저씨 바로 옆 내 물레에서는 완전히 다른 일이 벌어지고 있기 때문이다. 분명 밥그릇을 만들기 시작했는데, 만들다 보면 국그릇이 되어 있었다. 그래도, 합격. 분명 커플 접시를 만들기 시작했는데, 만들고 보니 두 개가 각도도 크기도 모두 달랐다. 그래도, 합격. 길고 가는 꽃병을 만들기 시작했는데, 작고 뚱뚱한 꽃병이 나왔네? 나름 예쁘네. 그래, 너도 나랑 같이 집에 가자. 별의별 이상한 애들이 전부 합격 딱지를 달고 가마로 직행했다. 그리고 가마에서 나온 완성품들은 하나같이 어딘가 모자랐고, 하나같이 내 맘에 들었다.

하루는 주변을 둘러봤더니, 나만 다른 종족 같았다. 공방의 모든 사람들은 지나친 꼼꼼족이었으니까. 너무한가 싶어서 스스로 민망한 마음에 선생님에게 물어봤다.

"저 너무 대충하죠?"

선생님은 싱긋 웃더니 대답했다.

"민철 씨는 스스로에게 참 관대한 것 같아요."

뭔가 나의 핵심을 순간적으로 간파당한 느낌이었다. 스스로에게 관대하다니, 이건 욕인가 칭찬인가 잠깐 고민을 하다가 칭찬으로 받아들이기로 결정했다. 살면서 나 스스로에게 관대한 분야가 하나쯤 있는 것도 좋을 것 같았으니까. 스스로에게 관대한 그 시간이 나의 숨구멍이 되어주고 있으니까. 물론 바로 옆자리 아저씨에겐 스스로에게 엄격한 그 시간이 숨구멍이 되어주고 있었지만. 숨구멍의 모양도 살아가는 방식만큼 다양한 건 당연한 것이다. 어쨌거나 스스로에게 관대한 마음으로, 이번 주에도 나는 공방 문을 연다.

동네 호프집의
가르침

멀리서 우리 동네를 다녀간 친구, 루나파크가 말했다.

"추천해준 그 술집에 가려고 했는데, 너무 시간이 없어서 눈에 보이는 아무 데나 들어가서 마셨어요. 근데 그 집 완전 맛있던데? '너랑나랑호프'라고 알아요?"

처음 듣는 술집 이름이었다. 나 같은 동네 덕후가 모르는 호프집이라니! 나 같은 술꾼이 모르는 술집이라니! 대단할 리 없다고 생각했다. 그 정도로 맛있는 집이라면 내가 진작 알았겠지, 라는 마음이었다.

어느 날 퇴근길 지하철 역에서 남편과 만났다. 오늘은 또 무엇을 먹을까, 심오하고도 진지한 고민을 하며 휘적휘적 아무 방향으로 걸었다. 그때 내 눈앞에 갑자기 친구가 말한 그 호프집이 나타났다. 분명 이름은 그 이름이었는데, 뭐랄까, 밖으로 풍겨 나오는 아우라가 없었다. 그래도 동네 주민으로서 의무를 다하기 위해 그 호프집의 문을 열었다. 테이블은 몇 되지 않았고, 주방도 생각보다 작았고, 메뉴는 생각보다 많았고, 손님은 하나도 없었다. 정말 친구 말을 믿어도 되는 걸까? 잠깐 고민을 하면서도 치킨부터 주꾸미까지 다 적힌 메뉴판을 정독하기 시작했다. 그러다 눈이 멈춘 곳은, 육전이었다. 이상하게 육전과는 인연이 없었던 나였다. 정말 이런 곳에서 나의 첫 육전을 먹어도 되는 걸까? 호프집에서 육전이라니 뭔가 좀 많이 안 어울리는 거 아닌가 싶었지만, 과감하게 주문을 했다.

주문을 하자마자 "고맙습니다!"라고 말하며 호탕하게 웃은 사장님은 육전을 내주는 대신 잘 익은 파김치와 갓김치를 통으로 내왔다. 보는 순간 직감했다. 여기 음식, 장난이 아니겠구나. 오늘 우리, 술을 또 장난 아니게 마시겠구나. 김치를 내온 사장님은 다시 주방으로 들어가더니 육전을 달랑 두 장 부쳐서 내왔다. 가격에 비해 너무 적은 양이었다. '이게 전부인가요?'라고 물어야 하나 고민을 하는 순간, 사장님은 마치 내 마음을 읽은 것처럼 말했다.

"우선 이거 먹고 있어요. 육전은 따뜻하게 먹어야 맛있으니까. 내가 또 부쳐 올게."

사장님은 딱 적당한 크기로 육전을 자르고, 갓김치와 파김치까지 능숙하게 잘랐다. 그러더니 김치를 육전으로 도르르 싸서 각자의 접시에 내주었다. 평범한 그 술집 분위기에서는 상상도 못한 극진한 대접이었다. 맛은 어땠냐고? 말해 뭐하겠는가. 놀라웠다. 따뜻한 육전도 놀라웠지만, 김치가 압권이었다. 하나도 짜지 않고, 놀랍도록 시원했다. 곧바로 싹 비웠다. 육전을 한 접시 더 부쳐서 내온 사장님이 그 상황을 한마디로 정리했다.

"육전이 뭐가 맛있겠어요. 김치가 맛있지."

캬. 김치에 대한 사장님의 자부심이 고스란히 드러난 말이었다. 버젓이 메뉴 이름을 '육전'으로 적어놓고는 "육전이 뭐가 맛있겠어요"라니. 그렇게 자부심이 있다 보니 알바생에겐 김치 하나 자르는 것도 허용되지 않았다. 모든 걸 본인이 직접 해야 맛있다고 생각하는 사장님이었다. 그러니 다른 메뉴들도 맛이 없을 리가 없었다. 음식은 만드는 사람을 닮으니까. 유난히 호탕한 사장님의 웃음을 보다가 자연스럽게 며칠 전 다른 술집에서의 기억이 떠올랐다.

원래 종종 가던 동네 술집이 하나 있었다. 술집이 있을 것 같지 않은 주택가 골목 안에 조용히 스며든 술집이라 우리도 조용히 스며들어 맥주 한두 잔 마시고 돌아오곤 했다. 이런 주택가에서 오래 버틸 수 있을까 가끔 걱정을 하면서도 이상하게 최근엔 발길이 그쪽으로 향하지 않았다. 그렇게 거의 1년이 지난 며칠 전, 일부러 그곳을 찾은 날이었다.

사장님이 바뀌어 있었다. 메뉴판도, 분위기도 싹 다 바뀌어 있었다. 엉거주춤 원래 자주 앉던 테이블에 앉아서 마른 안주와 맥주 두 잔을 시켰다. 사장님은 맥주를 가져다주면서 말했다.

"안주는 좀 있다가 드릴게요. 지금은 브레이크 타임이라서요."

네, 라고 대답은 했지만 뭔가 이상하다 싶었다. 밤 열 시 반에 브레이크 타임이라니. 그것도 술집에. 하지만 사장님이 그렇다니까 또 그런 건가 싶어서 맥주부터 홀짝홀짝 마셨다. 맥주를 반 정도 마셨을 때 브레이크 타임이 끝난 건지 사장님은 안주를 내왔다. 그리고 한참이나 자기가 이 안주들을 만드느라 얼마나 고생했는지 설명했다. 이게 그렇게나 설명할 안주들인가 싶었지만 사장님이 설명해주니까 또 그러려니 하면서 들었다. 아무튼 가게에선 사장님이 왕이니까.

잠시 후 맥주를 한 잔씩 더 시켰더니 사장님이 빈 잔을 들고 가며 말했다.

"이 잔에 그냥 드려도 되죠? 설거지하기 귀찮아서."

평소라면 "네. 그냥 그 잔에 주세요"라고 했을 나였다. 하지만 이번엔 달랐다. "설거지하기 귀찮아서"라는 그 말이 나의 까칠한 성격을 정조준한 것이었다. 나는 일부러 사장님의 눈을 똑바로 쳐다보며 말했다.

"아니요. 새 잔에 주세요."

사장님은 나를 보더니 귀찮다는 듯이 한숨을 푹 쉬고는 빈 잔을 싱크대에 탁 놓고, 새 잔을 꺼냈다. 그 모습을 바라보며 생각했다. '이로써 나는 단골집 하나를 잃어버렸군. 사장님 당신도 큰 단골손님이 되었을지도 모를 손님들을 잃어버린 거라고.'

두 번째 잔을 비우고 안주가 남아 있는데도 그냥 일어섰다. 명백히 세 번째 잔까지 마시고 싶은 집은 아니었다. 계산을 하려고 계산대 앞에 섰더니 사장님은 무슨 마음이었는지 나를 붙들었다. 그러고는 자기가 원래는 이런 일을 하던 사람이 아니었는데 그냥 친구들이랑 편하게 술을 마시려고 차린 거라는 둥, 낮에는 여기가 자기 작업실이라는 둥, 원래 자기는 어떤 일을 하는 사람이었다는 둥, 묻지도 않은 이야기를 길게 늘어놓았다. 처음 본 나에게 끝도 없이 늘어놓는 수많은 이야기는 한 지점을 향하고 있었다. 나는, 이런 일을, 할, 사람이, 아니다, 오해하지, 말라.

따뜻하게 먹어야 한다며 육전을 몇 번이나 나눠서 내주는 사장님과 설거지하기 귀찮으니까 쓰던 잔에 다시 맥주를 주겠다는 사장님. 김치 하나에도 넘쳐나는 사장님의 자부심과 내가 원래는 다른 일을 하던 사람이었다고 오해하지 말라는 또 다른 사장님의 자부심. 다른 두 사장님이 만들어내는 전혀 다른 두 가게의 분위기. 자연스럽게 내 마음은 한 가게로만 기울었다.

남편이 예전에 해준 이야기가 떠올랐다.

"예전에 동파이프 공장에서 일을 한 적이 있었어. 냉장고에 들어가는 가느다란 동파이프를 구부리는 일. 아주 단순하고 반복적인 일이잖아. 근데 이런 일을 하면서도 꼭 그런 분이 있어. 어떻게 하면 더 빨리 더 잘 돌릴 수 있을까를 연구하는 분. 자기가 이렇게 저렇게 실험해보고, 방법을 터득하고 나면 신나서 다른 사람들에게 알려주는 거지. 그런다고 돈을 더 받는 것도 아니고, 뭐 진급을 하는 것도 아니야. 근데도 그런 분들이 꼭 있어."

그렇다. 꼭 그런 사람들이 있다. 누가 보기엔 정말 하찮은 일이라도 그 일에 기어이 영혼을 불어넣는 사람들. 허름한 일도 반짝반짝 윤기가 돌도록 만들어놓는 사람들. 텔레비전 속에서 '달인'이라는 이름으로 종종 마주치는, 자부심으로 빛나는 표정의 사람들. 그런 표정으로 자기 일에 몰두하는 일상 속 많은 사람들. 물론 쉽지 않다는 걸 안다. 나에게도 너무 먼 경지다. 하지만 그 경지의 사람을 만나게 되면 가까이해야 한다. 그 에너지가 나에게까지 전파되니까. 그래서 결론이 뭐냐고? 또 그 육전과 그 김치를 먹으러 가겠다는 이야기다. 조만간. 얼른. 어쩌면 오늘 당장. 아, 생각만으로도 벌써 침이 고인다.

No라고 말하는
방법에 관하여

　모두가 여럿의 나를 데리고 산다. 나에겐 게으름을 피우고 싶어 하는 내가 있고, 그런 나를 미치도록 한심해하는 나도 있다. 여행을 떠나고 싶어 발을 동동 구르는 내가 있고, 집 앞 슈퍼에 나가는 것만으로도 불행하다며 발을 동동 구르는 내가 있다. 매일 점심 메뉴 결정을 세상에서 제일 힘들어하는 나도 있고, 회의를 하다가 단숨에 결정을 내려버리는 나도 있다. 낯선 사람 앞에서 도대체 무슨 말을 어떻게 해야 할지 몰라서 어색한 미소만 짓고 있는 나를 보면 상상도 할 수 없는 일이지만, 나에겐 낯선 수백 명 앞에서 강의를 해도 아무렇지 않은 나도 있다. 그러니 나의 성향을 묻는 수많은 질문들 앞에 서면 생각이 많아진다. 어떤 나를 골라야 하지? 진짜 나는 어떤 모습이지? 그 모든 나 사이에서 힘겹게 외줄타기를 하며 다들 겨우 '나'로 살고 있으니까 말이다.

나에게는 그중에서 가장 낙차가 큰 두 개의 내가 있다. 웬만해서는 거절하지 못하는 나. 그리고 웬만하지 않은 대부분의 것들에 'No'라고 말하는 나. 그리고 후자의 나를 가장 손쉽게 만날 수 있는 곳은 바로 회사다. 오죽하면 신입사원 때 별명이 "아닌 것 같아요, 아닌 거 같은 게"였다. 팀 선배들이 붙여준 별명이다. 어쩌자고 신입사원 때 별명이 저따위였을까, 나는. 회사를 계속 다닐 수 있었던 게 용할 정도의 별명이다. 회의 시간, 사람들의 말이 이해가 안 될 때도 "아닌 것 같아요, 아닌 거 같은 게…" 내 마음에 잘 안 드는 아이디어 앞에서도 "아닌 것 같아요, 아닌 거 같은 게…" 그러니까 조금만 이해가 안 가도, 조금만 동의할 수 없어도 그 말은 수시로, 눈치 없이 튀어나왔다. 광고는 제일 모르는 주제에 겁도 없이. 돌이켜보면 그 시절 우리 팀에서 제일 아닌 것 같은 존재는 바로 나였는데.

하루는 선배가 놀리며 말했다.

"야, 너는 나중에 시어머니한테도 그럴 것 같아. 일 좀 시키려는 시어머니한테 '어머니, 아닌 것 같아요. 아닌 거 같은 게. 어머니도 손이 두 개, 저도 손이 두 개인데. 어쩌고저쩌고.'" 우와, 나 정말 그러면 어쩌지, 라고 생각했지만 결혼을 하고 보니 그런 일은 일어나지 않았다. 아무래도 나는 No라고 말하는 나를 회사에서만 꺼내는 것 같다. 그리고 그게 나에게는 지극히도 당연하게 느껴진다. 회사에서 우리는, 일을 하기 위해 만났으니까. 나의 팀장님이 말했던 것처럼 "여기가 무슨 조기 축구회도 아니고."

친목모임에서의 No는 위험하다. 그 한마디 말에 누군가는 영원히 등을 돌릴 수도 있다. 물론 지나치게 무례하거나, 과한 부탁을 하는 사람에게 No라고 말하지 않았다가는 내가 먼저 등을 돌릴 수도 있다. 그러므로 적절히 용해해서 No를 사용하는 기술이 필요하다. 반면 회사에 No가 없다면 위험하다. 상사의 지시에 아무도 No를 말하지 않고 복종을 한다는 건, 회사가 이미 내리막길을 걷기 시작했다는 징조다. 젊은 생각이 사라져버린 회사에 내일이 있을 리 없으니까. 회의실에서 아무도 No를 말하지 않는다는 건, 직원들 대부분이 이미 그 일을 어느 정도 포기해버렸다는 징조다. 엉망이 되어가는 일을 바라보며 내 일이 아니다, 라고 마음을 정리해버린 것이니까. 뭐 내가 그렇게 거창하게 회사를 구하기 위해 No를 말해온 건 아니지만. 어쨌거나 나는 꾸준히 No를 말하는 사람이다. 당신에 대해서 No라고 말하는 것이 아니라, 당신의 의견에 대해 No라고 말하는 겁니다. 밖에서 다른 사람에게 No라는 말을 듣는 것보다, 우리끼리 먼저 잘못된 구석이 없는지 짚어보는 게 낫지 않겠어요? 우리 일이니까요. 여긴 회사니까요.

물론 나는 더 이상 "아닌 것 같아요, 아닌 것 같은 게"로 No를 말하진 않는다. 내가 하는 말이 아무리 옳아도 저렇게 말했다가는 상대의 기분만 상하게 만든다는 걸 10년차가 되어서야 겨우 알게 된 것이다. 꼭 저렇게 말하지 않아도 No를 전달할 수 있는 방법이 있다는 걸, No를 더 세련되게 말하는 방법도 있다는 걸 참으로 늦게야 눈치 챈 것이다. "그것도 좋은데, 이런 문제점이 있지 않을까요?" 혹은 그 말조차 어려울 때는 "근데… 이게… 음…" 정도까지만 이야기를 해도 일은 제자리를 찾기 위해 노력하기 시작했다. 그렇다고 내가 거절을 매끄럽게 혹은 세련되게 잘한다는 건 아니다. 아직도 제일 먼저 표정이 굳고 정색을 하며 No를 말하는 사람이 나라는 걸 잘 알고 있으니까. 다만 노력한다는 거다. 좀 더 유연하게 다른 의견을 말하기 위해. 좀 더 열린 마음으로 누군가의 No를 듣기 위해.

　요즘은 회사 밖에서도 No라고 말하는 법을 연습하는 중이다. '이렇게 말했을 때 저 사람이 기분 나빠하면 어쩌지?'라고 걱정하는 나대신, '내가 싫다는 소리도 못하고 억지로 이 일을 한다는 걸 알면 저 사람이 더 기분 나쁠 거야. 솔직하게 말하자'라고 꾸역꾸역 생각하며 거절하는 연습. '다들 좋다고 하는데, 나만 빠진다 그래도 괜찮을까?'라며 누군가의 눈치를 보는 대신, '세상엔 나 같은 사람도 있을 수 있는 거지 뭐. 내 마음이 안 괜찮으면 안 괜찮은 거야'라며 내 마음의 눈치를 보는 연습. 모두에게 좋은 사람이 되고 싶은 나 대신, 정말 소중한 몇 명에게만 괜찮은 나여도 상관없다, 라고 생각하는 연습. 그러니까 내 삶을 내가 더 살고 싶은 방향으로 이끄는 연습. 에너지를 좀 더 간추려서 내가 좋아하는 쪽에 쓰는 연습. 그러니까 나를 배려하는 연습.

　연습의 효과는 더디지만 조금씩 나타난다. 눈 질끈 감고 일상에서도 No라고 말하는 연습을 한 후에 내 삶은 조금 더 깔끔해졌고, 마음은 조금 더 간결해졌다. 그리고 놀랍게도 아무도 나의 No를 상관하지 않았다. "그래? 그럼 다음에

봐", "안 그래도 너는 싫어할 것 같았어", "오케이". 그냥 그걸로 끝이었다. 그리하여 나는 조금 더 과감하게 거절을 해보자, 라고 생각하는 중이다. 이제는 마흔이 코앞이고, 나는 내 삶을 조금 더 나에게 맞추고 싶으니까. 나를 잘 지키는 방법은 내가 제일 잘 알고 있으니까. 그렇게 차근차근 더 좋은 에너지로 내 삶을 채우고 싶다.

취향의
지도

"빨래 좋아하세요?"라는 질문에는 내공이 없다. 빨래를
세탁기에 넣고 돌리는 걸 좋아하는 사람이 있고, 빨래 너는
걸 좋아하는 사람, 빨래 개는 걸 좋아하는 사람도 있다. 물
론 각 과정을 제각각의 이유로 싫어하는 사람도 많고. 나의
경우엔 대학교 때는 빨래 너는 걸 죽도록 싫어하는 사람이었
고, 결혼을 하고서는 빨래 개는 걸 싫어하는 사람이 되었다.
드물게 손빨래를 해야 직성이 풀린다는 사람도 있다. 그리고
손빨래라는 말만 들어도 기겁을 하는 나 같은 사람도 많다.
일주일에 한 번씩 흰 빨래를 삶는다는 사람도 있다. 듣기만
해도 그게 어떻게 가능하나 싶지만, 그게 그 사람의 빨래 취

향인 것이다. 그러니까 "빨래 좋아하세요?"에는 그 결결이
다른 빨래 취향에 대한 배려가 없다.

청소의 경우에도 물건 정리하는 걸 좋아하는 사람이 있
고(나다), 청소기부터 들고 나오는 사람이 있고(남편이다), 물
건에 붙은 먼지부터 닦는 사람이 있고(우리 집에 좀 와주세요),
그 전부를 매일 해야 직성이 풀리는 사람이 있고(제발 와주세
요), 그 전부를 하지 않아도 아무렇지 않은 사람도 있다. 내
가 물건 정리를 좋아한다고 하지만 나는 물건을 각자의 자리
에 주욱 늘어놓는 걸 정리라고 생각하는 사람이고, 그 모든
것이 눈에 보이지 않도록 싸악 치우는 걸 정리라고 생각하는
사람도 있다.

똑같은 방식으로 여행을 인수분해 해보면 어떨까? 최근,
"광고에도 전문가가 있는 것처럼 여행에도 전문가가 있으며,
전문가가 미리 다 짜놓은 충실한 계획에 따라서 움직이는
게 가장 현명한 방법"이라 말하는 분을 만났다. 그분의 여행
취향은 명백히 패키지여행이다. 나는 여기에 어떤 편견도 개
입시키고 싶지 않다. 패키지여행의 반대말을 자유여행이라
생각하기 쉽지만, 자유여행을 떠나면서도 모든 일정을 마치
패키지여행처럼 촘촘히 다 계획하고 떠나는 사람도 있다. 심

지어 갈 식당과 거기서 먹을 메뉴와 카페에서 머무를 시간까지 다 정하고 떠난다는 사람도 만난 적이 있다. 반면 친구 한명은 도착하는 첫날의 숙소 정도만 예약해놓고 나머지 계획은 최소화해서 떠난다고 했다. 아예 첫날 숙소도 예약하지 않고 운명의 신에게 모든 걸 맡기는 사람도 있다. 물론 하루도 집 밖에서는 잘 수 없다는 강경파도 존재한다. 여행을 싫어하는 것도 여행의 취향 중 하나다. 여행에 대한 각종 동경과 찬양만 넘쳐나는 이 시대에, 마땅히 존중받아야만 하는 취향이라 생각한다.

나의 여행 취향에 대해 말하자면 나는 여행만큼이나 여행 준비하는 시간을 좋아하는 사람이다. 휴가 갈 시간이 없을 때에도 "다음 여행은 어디로 가지?"라는 말을 입에 붙이고 살며, 비행기 티켓도 심심하면 검색해본다. 지도 앱을 수시로 켜서 계획도 없는 도시의 작은 식당에 별표 치는 것도 좋아한다. 최근 여행은 떠나기 1년 반 전에 이미 목적지를 정했고, 비행기 티켓은 10개월 전에 사두었다. 수시로 바뀌는 마음에 따라 수시로 여행 루트를 짰더니 종국엔 내가 짠 루트만 열 개가 넘었다. 너무 이상한 사람 같다고? 그럼 그냥, 여행 루트 짜는 걸 여행만큼이나 좋아하는 사람이라고 해두자.

여행 준비를 좋아한다고 말하고 다녔더니 사람들은 내가 모든 정보를 빼놓지 않고 수집해서, 모든 일정을 다 정해놓고 움직이는 사람이라 생각한다. 믿을 수 없겠지만 내 기준에서의 여행 준비는 '어느 도시에 갈 것인가?', '그 도시에 얼마나 머물 것인가?', '어떤 숙소에 머무를 것인가?'가 거의 전부다. 특히 숙소 사이트에 들어가서 온 도시의 집들을 다 살펴보며, 나와 가장 취향이 맞는 집주인을 고르는 일에 거의 대부분의 시간을 쓴다. 회사에서 스트레스가 극심해지면 갑자기 숙소 사이트를 켜고 '이 집에 머무르면 어떨까?'를 상상하며 스트레스를 푸는 유형이랄까. 말하자면 여행 준비를 공상에 다 쏟아붓는 사람이 바로 나다. 사정이 이렇다 보니 대부분의 경우 여행지에 도착해서 숙소에 짐을 풀고 나면 그제야 허겁지겁 가이드북을 뒤적이다가 결국 되는대로 돌아다니는 게 나의 여행 취향이다.

어디 빨래, 청소, 여행에만 취향이 있겠는가? 시간을 보내는 방법에도, 쉬는 방법에도 심지어 회사 일에도 취향은 여지없이 개입한다. 사람들은 내가 그토록 오래 회사를 다니는 것에 대해서 신기하게 생각하지만, 이것도 명백히 취향

탓이다. 14년을 한 회사에 다니는데 왜 유혹이 없었겠는가? 다른 회사에서의 유혹은 말할 것도 없다. 거기에 누군가가 자신이 버는 돈을 말하며 나에게도 프리랜서로 전향하라고 유혹을 한다거나, 어떤 회사에서는 아이디어 내고 카피 쓰는 일만 해보라며, 큰돈을 제시하기도 했다.

수많은 유혹 앞에서 나는 발을 동동 굴렀다. 어떻게 하지? 어떻게 하는 게 좋을까? 며칠을 고민하다가 문득 이 결정에서 가장 중요한 요소는 '나'라는 걸 깨달았다. 그래서 나는 '나의 일 취향'을 중심에 두고 다시 고민하기 시작했다.

카피라이터가 이런 말을 하면 어이없게 들리겠지만, 내가 좋아하는 일은 아이디어를 내고 카피를 쓰는 게 아니었다. 물론 싫다고 피할 수 있는 일도 아니었다. 그게 핵심이니까. 그렇기 때문에 잘하기 위해 끝없이 애쓰고 있을 뿐이었다. 대신 내가 '좋아한다'라고 말할 수 있는 일들은 회의를 하고, 거기서 나오는 아이디어의 길을 잡고, 그걸 잘 정리해서 사람들과 공유하고, 최적의 스케줄을 짜는 일이었다. 그러니까 냉정하게 나를 바라보면, 나는 아이디어를 내는 것보다 일을 진행하는 걸 좋아하는 스타일이었다. 그렇다면 돈 때문에 아이디어를 내는 것에만 치중되어 있는 직업을 택하는 것은 나의 일 취향에 전면적으로 반하는 일이었다. 나는 여러 사람들과 '함께', 일을 '끝까지' 진행할 때 일에 '재미'를 느끼는 사람이었다. 그리고 그런 나의 일 취향을 존중해줄 사람은 바로 나였다. 그리하여 나는 결국 회사에 남기로 결정했다. 내 취향이 그러하니까.

단순히 옷을 하나 고르는 것도 취향의 영역이다. 그리고 어떻게 살 것인가를 결정하는 것도 취향의 영역이다. 옷을 고를 때 내 마음을 의식하는 것처럼, 나머지 모든 일에 있어서도 내 마음의 방향을 의식하는 것이 중요한 것이다. 그 방향을 알 수 있는 사람은 나 말고는 아무도 없으니까. 그리하여 남의 시선을 배제하고, 불확실한 미래에 대한 걱정을 접어두고, 나의 마음을 꼼꼼히 파악하여, 나에게 가장 어울리는 선택을 내려야 한다.

물론 완벽하지 않을 수 있다. 나중에 후회할 수도 있다. 내 마음이 영원히 변하지 않는 게 아니니까. 하지만 불확실한 것이 많을수록 가장 확실하게 기댈 수 있는 것은 '나'뿐이다. 나의 마음이 향하는 것들로 완성한 나만의 취향 지도 안에서 나는 쉽게 행복에 도착한다.

여러분의 심장을 사랑하십시오. 그것은 여러분이 받은 상이니까요.

_토니 모리슨,《빌러비드》

2

무언가로 향하는 마음이
취향이라면
사랑만큼 자신의 취향이
고스란히 드러나는 게 또 있을까.

입꼬리가 예뻐서,
눈매가 선해서,
반바지가 잘 어울려서,
말이 잘 통해서,
혹은
침묵이 편안해서,
입맛이 비슷해서,
농담이 잘 맞아서,
실수까지 귀여워서,
생각만 해도 웃음이 나서.

모든 사랑에 붙는
모든 이유는 결국 하나가 아닐까.

당신이라는 사람이
너무 내 취향이라서.

우리도
사랑일까

1980년에 태어난 내가 대학교에 입학하자 선배들은 말했다.

"이야, 70년대도 아니고, 80년대에 태어난 애들이 학교에 들어오다니. 충격이다, 충격이야."

정확히 1년 후, 이제 막 입학한 후배들에게 나는 말했다.

"뭐라고? 00학번이라고? 난 99학번인데? 그럼 우리는 한 세기가 차이 나는 거야? 충격이다, 충격이야."

그리고 19년이 흘러 올해, 나의 충격은 극에 달했다.

"뭐라고? 2000년에 태어난 애들이 올해 대학교에 들어간다고? 그게 말이 돼?"

2000년에 태어난 아이들이 대학교에 들어가는 이 마당에, 2001년에 개봉한 영화 이야기를 하는 게 무슨 의미가 있나 싶긴 하다. 하지만 이왕 나이도 학번도 다 밝힌 김에 끝까지 말해보자면.

2001년. 언제나 그랬듯 열렬한 짝사랑에 빠져 있던 나는, 막 선배를 짝사랑하기 시작한 친구와 〈봄날은 간다〉를 보러 광화문에 갔다. 영화의 주인공은 사랑에 대해 지극히 현실적인 여자 은수와 사랑에 대해 지극히 낭만적인 남자 상우. 그 둘이 눈이 맞고, 은수가 상우에게 "라면, 먹을래요?"라고 말하고, 그래서 그 둘이 사귀고, 그러다 은수의 마음이 변하고, 상우는 "어떻게 사랑이 변하니?"라고 말하고, 결국 헤어지는 게 영화의 전부다. 물론 이게 영화의 전부였다면 그 당시 모든 잡지와 신문과 각종 웹사이트가 그토록 이 영화로 도배되지는 않았을 것이다. 모두가 은수와 상우에게 감정이입을 해서 그토록 격렬한 토론을 하지도 않았을 것이다. 전부 각자의 사랑 경험을 이 영화에 녹여서 해석하느라 그 시절 우리들은 아주 바빴다.

나와 친구도 그랬다. 영화관을 나서며 우리 둘은 눈이 마주치자마자 웃기 시작했다.

"사랑이 어떻게 변하냐니. 저렇게 순진해서야."

"우리는 사랑이 저런 거 다 알잖아?"

그 밤, 우리는 은수에게 감정이입했고, 사랑을 다 아는 사람들처럼 굴었고, 하룻밤짜리 연애라도 할 것처럼 자신감 넘쳤고, 은수처럼 쿨하게 맥주 한 병씩 마시고 헤어졌다. 그리고 여자 주인공 놀이는 딱 거기까지였다. 다음 날부터 우리 둘은 지독한 우울에 빠져들었다. 짝사랑하는 남자에게 고백도 못하는 주제에, 사랑을 알긴 개뿔. 우리가 무시했던 영화 속 상우는 그래도 사랑하는 여자와 연애라도 하지. 우리의 현실은 진흙탕 같은 짝사랑이었다. 그 오빠는 오늘 어디 있을까. 왜 우연히 마주치지도 못한 거지. 아까 나한테 그 문자는 왜 보낸 걸까. 설마…. 아니겠지. 매일 우리는 각자의 짝사랑에 대해 서로에게 보고하며 시간을 죽였다. 그리고 그 대화의 끝은 늘 같았다.

"우울하다… 우리 오늘도 만날까."

"내가 너네 학교 쪽으로 갈게."

가공할 만한 파괴력이었다. 겨우 영화 한 편에 우리의 일상은 완벽히 무너져 내리고 있었다. 마치 우리가 영화 속 주인공이 된 것처럼 이별을 경험하고 있었다. 명확한 건 단 하나였다. 우리는 은수가 아니라 철저하게 상우라는 것. '사랑'

이라는 단어에 '현실'이라는 단어를 전혀 결합시키지 못하는 사람이라는 것. 그래서 끝없이 "어떻게 사랑이 변하니?"라는 말을 읊조리며 사랑은 변하지 않는다고 기어코 믿고 싶어 하는 사람이라는 것. 어쨌거나 스물두 살의 나는 그랬다.

시간은 흘렀다. 어느 날 남편과 나는 영화 〈우리도 사랑일까〉를 봤다. 결혼해서 평범한 일상을 꾸려가던 여자 주인공 마고의 이야기였다. (스포일러 포함.) 영화와 소설을 통해 백만 두 번쯤 반복된 바로 그 일이 마고에게도 일어난다. 바로 매력적인 남자, 대니얼이 마고의 일상 속으로 들어온 것이다. 여자는 갈등하고, 괴로워하고, 하지만 새로운 남자에게 대책 없이 끌리고, 결국 남편 루와 헤어지고 대니얼에게 가기로 결심한다. 여기까지는 주인공들의 떨림과 그 섬세한 시선과 표현 덕에 꽤 괜찮은 영화라고만 생각하고 있었다. 하지만 단 한 장면으로 이 영화는 나에게 두 번째 〈봄날은 간다〉가 되고야 말았다.

그날, 그러니까 마고가 남편 곁을 떠나는 날. 루는 마지막으로 마고에게 샤워를 권한다. 마고가 내키지 않는 그 집에서의 마지막 샤워를 할 때, 늘 그랬듯 샤워기에서는 갑자기 차가운 물이 와락 나온다. 마고는 언제나 루에게 샤워 중간에 차가운 물이 한 번씩 나온다며 고쳐야 한다고 말했던 터였다. 하지만 이번엔 차가운 물이 쏟아지자마자 샤워커튼이 걷힌다. 그 앞에 서 있는 건 다름 아닌 빈 물컵을 들고 있는 남편 루. 그 모습을 보며 마고는 그제야 매일 샤워를 할 때마다 쏟아졌던 찬물을 눈치 챈다.

"당신이었어?"

"응."

"매일…."

"그래, 매일."

"그럼 샤워기는?"

"고장이 아니었어."

루는 가장 슬픈 미소를 지으며 말을 이어간다.

"우리가 늙으면 내가 매일 이 짓을 해왔다는 걸 고백하려고 했어. 당신을 웃게 해주려고."

아, 나는 이보다 더 극진한 사랑 고백을 알지 못한다. 앞으로도 없을 것 같다. 한 사람을 보며, 매일 같은 장난을 쌓으며, 늙었을 때 그 장난을 고백하는 장면까지 생각하는 사랑. 늙은 그 사람이 단 한 번 깔깔 웃는 모습을 상상하는 것만으로도 매일 마음은 간질거리고 그 마음으로 오늘치 차가운 물을 준비하는 사랑. 한순간의 떨림은 사랑의 도입부라

인정하고, 같이 쌓는 시간에 더 많은 마음을 내주는 사랑. 둘만 알아듣는 농담 하나가 생길 때마다, 귀중한 보석 하나를 얻는 기분이 드는 사랑. 물론 완벽하지는 않을 것이다. 오늘은 사랑에 이런 구멍이 생기고, 내일은 또 다른 부분에 구멍이 생길 것이다. 어떤 날은 정말 이것이 사랑일까 의심도 들 것이다. 하지만 그 부분까지도 사랑이라면? 그 구멍이 우리 둘의 사랑에 독특함을 만들어내고 있는 것이라면?

그래서 나는 큰 충격을 받았다. 빈 물컵을 들고 있는 그 남자를 뒤로하고, 짐을 싸들고 새로운 남자에게 가는 여자 주인공에. 어떻게 저 물컵을 모른 척할 수 있는 걸까? 어떻게 저 물컵의 고백을 받아들이지 않을 수 있는 걸까? 사랑을 저토록 절절하게 말하는데? 물론 이것은 철저하게 나의 사랑 취향이다. 취향의 영역에서 바라보자면 나는 철저히 루의 편이다. 물론 마고도 대니얼도 이해를 못하는 것은 아니다. 늦었지만 이제야 운명의 상대를 만난 것 같은 강렬한 떨림 앞에서 무너지지 않을 사람도 얼마 되지 않으니까. 어쨌거나 우리는 모두 다른 사랑을 하고 있으니까. 다만 나는 오래도록, 영화가 끝나고도 오래도록 루를 걱정했다. 마고가 떠나고 루는 괜찮을까. 바라건대 다른 누군가를 만나 루가 그런 장난을 다시 시작해주길, 그의 오래된 농담이 이번엔

성공하길, 꼭 그 사람과 평생을 함께 늙어갈 수 있길 바랄
뿐이었다.

> 플라타너스 그늘 아래 절뚝거리며 긴 산책을 즐기고, 한
> 번의 곁눈질만으로도 이야기가 시작된다. 단어 하나면
> 충분하다. 개미탑, 그가 말하면, 마티니! 그녀가 말한다.
> 오래된 농담이 둘 사이에서 풍성하게 되살아난다. 터지
> 는 웃음, 아름다운 반향음.
>
> _로넌 그로프, 《운명과 분노》

　상우의, 루의 사랑 취향을 가진 나는 어떤 남자와 결혼
했냐고? 언젠가 남편이 내게 말했다.
　"사랑은 한 사람을 평생 알아가는 과정이야."
　여기, 이 사람의 사랑에 관한 가치관이 모두 들어 있다.
'한 사람을', '평생', '알아가는', '과정'. 이 단어들의 의미 하나
하나는 설명하지 않도록 하겠다. 어쨌거나 나는 그 말을 한
사람과 결혼했다. 자랑은 여기까지.

대화불가능론자의
탄생

"생각해봐. 너와 나는 다른 사람이야. 그러니까 너와 나는 쓰는 언어도 달라. 너는 '엄마'라고 말을 할 때 너의 엄마를 생각하잖아. 근데 내가 '엄마'라고 말을 할 때 나는 나의 엄마를 생각하거든. 너의 엄마와 나의 엄마는 완전히 다르지? 그러니까 우리가 '엄마'라고 말을 할 때 우리는 완전히 다른 말을 하는 거야. 그래서 우리의 대화는 불가능하다니까."

누가 저따위 이야기를 하고 다니냐고? 말하기는 부끄럽지만, 내가 저따위 말을 하고 다녔다. 굳이 변명을 늘어놓자면 지금의 내가 아니라 20대 초반의 어린 내가.

무슨 대단한 발견이라도 한 것 같았다. 나 같은 생각을 한 사람이 또 있나 싶어 철학 수업을 열심히 들어봤지만 아무도 없었다. 이마를 탁 쳤다. 데카르트니 칸트니 그 유명한 철학자들이 이런 중요한 사실을 놓치다니! '내가 모르는 철학자 중에 그런 주장을 한 사람이 있었을지도 모르잖아?'라는 생각이 스쳐 지나가긴 했지만, 내게 그런 것까지 찾아볼 능력은 없었다. 무턱대고 내가 이 철학의 창시자가 되어야겠다고 다짐했다. 우선 논문이라도 한 편 써야 하나? 그런데 논문 같은 걸 내가? 써본 적도 없고 쓸 능력도 없는데? 급한 대로 친구에게 물어보기로 했다. 그 친구는 나보다 늘 똑똑했으니까.

친구는 듣자마자 말했다.

"난 그게 일종의 착취라고 생각해."

"착취?"

"내가 '엄마'라는 단어에 70퍼센트의 의미를 담아서 말하는데, 너는 '엄마'를 30퍼센트 정도의 의미로만 받아들이잖아. 그 순간 너는 나의 단어를 착취하는 셈인거지."

친구는 한술 더 떴다. 대화가 불가능하다는 내 주장에 동의를 하는 것과 동시에 '착취'라는 말까지 더해줬다. 착취라니. 대학생이라면 그 정도 단어는 써줘야지. 괜스레 양팔로

안고 있던 책을 더 꼭 껴안았다. 보고 있나, 고등학교 시절의 찌질했던 나여! 내가 그만 멋있는 대학생이 되어버렸다고! 나의 뿌듯함은 하늘을 찔렀다. 이런 게 대학 생활이지. 이런 게 대학생들의 대화인 거지. 안 그래? 역시, 그 친구와는 대화가 통했다. 잠깐만. 대화가 통한다고? 대화가 안 통한다며? 지금까지 그 말을 하고 있었던 거 아니야?

대화가 불가능하다는 개똥철학을 대화를 통해 설득하고 있으면서도 나는 뭐가 잘못된 건지도 몰랐다. 대학교 2학년에 나는 중2병을 앓았던 걸까. 세상을 자기 중심으로만 생각하는 중2병 환자처럼 나는 주변을 탐색하기 시작했다. 대화가 불가능하다는 증거를 찾아나서기 시작한 것이다.

봄이 채 도착하지 않은 어느 밤이었다. 자취방 앞 골목을 돌아나서는데, 한 부부의 대화를 우연히 듣게 되었다. 여자가 점퍼 깃을 여미며 남자에게 말했다.

"어휴, 왜 이렇게 춥지".

남자는 여자 쪽으로 쳐다보지도 않고 곧바로 답했다.

"응, 봄바람."

세상에 무슨 이런 대화가 다 있나. 여자의 말과 남자의 말은 완전히 어긋나 있었다. 왜 이렇게 춥냐고 묻는데 "봄바람"

이 무슨 답인가. 꽃샘추위 혹은 삼한사온이라도 말하라고, 이 아저씨야. 교과서에 다 나왔잖아. 차라리 대답을 하지 말던가. 한심하다는 듯이 그 부부를 쳐다봤다. 여자도 한심하다는 듯이 남자를 째려보고 있을 거라 생각하며. 하지만 여자는 남자의 대답이 맞다는 듯이 고개를 끄덕이며 발걸음만 더 재촉하고 있었다.

대화가 불가능하다는 증거는 그뿐만이 아니었다. 도처에 널려 있었다. 특히 연인 사이에 많았다.

"내가 지금 한 말이 그 뜻이 아니잖아."

"그럼 무슨 뜻인데? 말해봐. 어? 말해보라고."

혹은,

"무슨 생각으로 나한테 그런 말을 한 거야?"

"어휴, 내가 말을 말지."

그러다 결국,

"헤어지자."

"어떻게 그런 말을 해?"

까지. 유구한 연인들의 역사에 생생히 살아 있는 수많은 증거들.

아, 이 한심한 세상이여. 아직도 대화가 된다고 믿는 불쌍한 중생이여. 내가 조만간 나의 위대한 사상을 발표하여 세상을 놀라게 하리라. 서로 다른 사랑의 언어 때문에 지금 이 순간에도 싸우고 있는 지구상의 모든 연인들을 구원하리라. 우리 사이에 대화가 불가능하다는 사실만 깨달아도, 세상 대부분의 싸움은 일어나지도 않을 텐데. 말로 시작하고, 각자의 말만 끝없이 반복하면서 고조되는 수많은 싸움들. 나의 사상만 배운다면 그 모든 싸움은 시작조차 되지 않았을 텐데. 쯧쯧. 하지만 위대한 사상으로 인류에 평화를 가져다주려던 나의 계획은 잠시 미뤄둘 수밖에 없었다. 인류의 평화보다 더 중요한 일이 닥쳐왔기 때문이었다. 바로 취직이었다.

일은 생각대로 되지 않았다. '나'에 대해 끝없이 대화를 하려고 했지만, 어떤 회사도 나의 이야기를 들어주지 않았다. 매일매일 자기소개서를 고쳐 써야 했다. 어떤 회사는 나를 2천 자로 소개하라고 했고, 어떤 회사는 200자로 나를 소개하라고 했다. 남자친구와 헤어지던 날에도, 간절하던 회사에서 결국 떨어지던 날에도 다시 자기소개서를 썼다. 제가요, 제가요, 대학교 4년 동안 이렇게 열심히 공부를 했어요, 영어를 했어요, 저는 이렇게나 많은 관심사를 가진 사람이에요. 50군데가 넘는 회사와 대화를 시도했지만, 아무도 나에게 관심이 없었다. 뭘 해도 안 됐다. 자주 울었고, 자주 토했다. 그러던 어느 날, 딱 한 회사가 내 이야기를 들어주었다. 그렇게 나는 갑자기 카피라이터가 되었다. 벼랑 끝에서.

결국 나는 내 개똥철학의 모순을 증명하는 존재가 되어버렸다. 대화불가능론자가 절대 가져서는 안 되는 단 하나의 직업이 있다면 그건 바로 카피라이터였기 때문이다. 대화가 안 된다고 믿는다면 도대체 카피는 써서 뭐하며, 광고는 만들어서 뭐하겠는가? 사람들이 내 말을 못 알아듣는다고 믿으면서 도대체 어떻게 광고로 밥 벌어먹고 살겠다는 건가? 그러니까 20대 초반의 나는 도대체 무슨 생각이었던 걸까?

대단한 깨달음을 주는 스승을 만나지 않아도, 위대한 책을 만나지 않아도, 때론 시간이 훌륭한 스승이 되곤 한다. 20대의 치기 어린 나에 대한 깨달음도, 그때의 치기 어린 나를 이렇게 공개적으로 말할 수 있는 용기도 결국 시간과 함께 온 것처럼.

서른아홉 살의
본 조르노

로마의 숙소는 외곽에 잡았다. 아니, 잡을 수밖에 없었다. 아무리 비수기라도 로마는 1년 내내 관광객이 넘쳐나고, 중심부의 숙소는 까마득하게 비쌌기 때문이었다. 외곽으로 눈을 돌렸더니 싼 값에 좋은 숙소를 구할 수 있었다. 대신 아침마다 관광지까지 가는 길이 멀었다. 그래서 아침에 집을 나서면 버스 정류장 바로 뒤에 있는 카페로 들어갔다. 버스 티켓을 사고, 커피도 한 잔 마시며 여행 기분을 냈다. 버스 티켓은 한 장에 1.5유로, 커피 한 잔은 0.8유로. 안 마시면 손해 본 기분까지 드는 커피 값이었다.

카페에 들어가 왼편 카운터에 있는 할머니에게 손짓 발짓으로 버스 티켓 두 장과 커피 두 잔을 샀다. 이제 커피 영수증을 바에 있는 바리스타에게 가져다주면 되는 일이었다. 여행을 막 시작한 찰나였고, 살짝 긴장되었지만 최대한 무심한 척 바리스타 아저씨에게 영수증을 내밀었다. 영수증에 에스프레소 두 개라고 명백히 적혀 있으니 내가 따로 할 말은 없었다. 하지만 바리스타 아저씨의 생각은 나와 달랐다. 크게 달랐다. 아저씨는 내가 내민 영수증은 보지도 않고, 내 눈부터 마주쳤다. 그리고 말했다.

"본 조르노." (안녕하세요.)

아저씨는 내 대답을 기다렸다. 대답을 하지 않으면 커피는 한 방울도 내려줄 수 없다는 기세로. 인사를 받을 거라고 생각도 못한 나는 당황한 기색을 숨기지 못한 채 입을 뗐다.

"본… 본 조르노."

그제야 아저씨는 표정이 밝아졌다. 휴, 간신히 관문 하나를 통과했다 싶은 찰나, 아저씨는 다시 나를 향해 말을 했다.

"두에 카페?"

무방비 상태에서 다시 이탈리아어 공격을 받자 내 머릿속은 하얗게 변했다. 멍한 표정으로 아저씨를 바라보자 아저씨는 손가락 두 개를 내밀며 다시 말했다.

"두에 카페?" (커피 두 잔?)

그제야 나는 알아듣고 "씨"(네)라고 간신히 대답했다.

커피는 금방 나왔고, 아저씨는 다른 손님들을 응대하기 시작했다. 하지만 나의 부끄러움은 갈수록 커졌다. 아저씨는 커피를 주는 대신 인사를 가르친 것이다. 인사부터 하는 거야. 너는 지금 자판기 커피를 뽑는 게 아니잖아. 나는 사람이야. 너는 나의 커피를 마시고 싶은 거고. 그럼 인사부터 하는 거야. 영수증만 떡하니 내미는 것이 아니라. 사람과 사람이 만난 거니까. 어려운 것도 아니잖아? 본 조르노.

얼른 커피 한 잔을 털어넣고 나오면서 나는 다시 아저씨와 눈을 마주쳤다. 그리고 말했다. 이번엔 내가 먼저. "그라찌에."(감사합니다.) 아저씨는 무심히 대답해주었다. "프레고."(천만에.) 그 한마디로 실수를 간신히 만회한 기분이었다. 버스는 곧바로 왔다. 자리에 앉아 버스를 타고 내리는 사람들을 보며 방금 일을 곱씹다 보니 생각은 자연스럽게 오래전 새벽 버스 풍경으로 옮겨갔다. 프랑스 시골 마을, 루르마랭에서의 일이었다.

아직 깜깜한 월요일 새벽, 루르마랭의 버스 정류장은 북적였다. 차들이 줄지어 섰고, 중고등학생 정도의 아이들이 차례로 내렸다. 처음엔 뭔 일인가 싶었는데, 자세히 보니 아마도 주말 동안 집에 들렀다가 다시 학교 기숙사로 돌아가는 아이들 같았다. 워낙 시골이었으니까 학교가 없다고 해도 전혀 이상한 일은 아니었다. 영화에서 방금 튀어나온 것같이 길고 가늘고 우수에 찬 것 같은 외모의 아이들과 함께 버스를 탔다. 목적지까지 두 시간이 걸린다기에 뒷자리에 앉아 잘 준비를 했다. 지도상으로는 별로 멀어 보이지도 않던데 왜 두 시간이 걸린다는 거지? 약간의 궁금증을 가지며.

나의 궁금증은 바로 다음 정류장에서 풀렸다. 정말 얼마 가지도 않았는데 버스는 또 섰다. 오호라. 이 정도 간격으로 선단 말이지? 완벽한 완행버스라는 이야기였다. 게다가 이 버스를 더 완행으로 만드는 요인이 있었다. 바로 사람들의 인사. 정류장에서 새로운 아이들이 타면, 버스 안에 앉아 있던 아이들이 듬성듬성 자리에서 일어섰다. '자리를 비켜주려는 건가?'라고 생각하는 순간, 지금 막 들어온 아이와 자리에서 일어난 아이가 비주(볼을 양쪽 맞대며 인사를 하는 행위)를 했다. 한 명과 비주하고, 그다음 일어선 사람과 비주하고, 그리고 또 비주, 비주, 비주. 문제는 버스를 타는 사람이 한두 명이 아니라는 거였다. 맨 처음 버스에 타는 사람이 자신의 지인들과 비주를 하고 나면, 이제는 두 번째 탄 사람의 순서였다. 그 사람의 지인들이 또 다 일어서고 비주, 비주, 비주.

그 모든 인사가 끝날 때까지 버스는 천천히 달렸다. 우와, 이러느라고 이 새벽에 이렇게나 완행인 거야? 처음엔 신기하다가도 나중에는 어이가 없었고 결국 버스에서 내릴 때가 다 되어서는 너털웃음이 났다. 그래, 저 인사가 안 될 건 또 뭐 있겠어? 저 만남에 시간을 못 내줄 이유는 또 뭐 있겠어? 결국 이 안에서 조급증을 느끼는 사람은 나뿐인데. 가야 할 학교도 없고, 출근해야 할 직장도 없는, 시간만 잔뜩 있는 여행자가 시간 앞에서 제일 조바심을 내고 있었다. 고작 인사에 시간을 세고 있었던 것이다.

서로 다른 두 도시 안에서, 서로 다른 두 시간 안에서 묘하게 나만 비슷했다. 거기까지 서울의 김민철을 나는 꾸역꾸역 데려간 것이었다. 바쁘니까 인사는 생략하고, 머쓱하니까 고개만 까딱하고, 진심은 상대에게 미루고, 무뚝뚝한 얼굴로 일관하는. 용건만 간단히 말하는 것이 일상이고, 누군가가 한 발 다가오면 기어이 한 발 뒤로 물러나는. 그게 너무 생활이 된 건지 하루는 지하철 창문에 비친 내 표정에 화들짝 놀랐다. 사람들이 평소에 이렇게나 딱딱한 내 표정을 마주하는 건가 싶었다. 그렇다고 무례한 건 아니잖아, 그렇다고 누구에게 피해를 주는 것도 아니잖아, 라고 스스로를 합리화해보기도 했다. 그럴 수밖에 없었다. 아무래도 서울에서의 일상에 '진심'이라는 단어를 둘 자리는 없으니까.

하지만 로마의 그 카페를 나서면서는 내 마음이 좀 달라졌다. 아니, 달라지고 싶다는 생각이 들었다. 진심이 아니라 인사였다. 상대를 기분 좋게 하는. 아니, 내 기분이 좋아지는. 그 인사 하나가 도대체 뭐 어렵다고. 마을버스를 타면서 기사님에게 "안녕하세요" 인사를 하고, 기사님이 혹시라도 받아주면 나까지 덩달아 기분 좋은데 인사를 안 할 이유가 뭐가 있다고. 그 인사가 진심이 아닐 이유는 또 뭐가 있다고. 사람과 사람이 만났으니, 미소 1그램과 진심 1그램만 더 담아서 인사를 해보자는 다짐을 했다. 인사를 처음 배우는 두 살짜리 꼬마처럼, 서른아홉 살이 되어서야 겨우. 안녕하세요.

제 전공은
짝사랑입니다

사랑에도 전공이 있다. 눈빛만 마주쳐도 반하는 게 전공인 사람도 있고, 가슴앓이가 전공인 사람도 있다. 이별이 전공인 사람도 있고, 양다리 전공 혹은 문어발식 사랑이 전공인 사람도 나는 알고 있다. 유난히 오래가는 사랑이 전공인 사람도, 유난히 짧은 연애가 전공인 사람도 있다. 그리고 나의 전공은 짝사랑이다.

다섯 살 때부터 남자친구 혹은 여자친구가 있는 요즘 어린이들이 들으면 콧방귀를 뀌겠지만, 시작은 초등학교 3학년 때였다. 그때부터 졸업할 때까지 한 명을 짝사랑했다. 그 친구를 좋아하는 건 그다지 어렵지 않았다. 남자 애들도 여자

애들도 모두 그 아이를 좋아했으니까. 집이 어려워 교회에 얹혀산다는 걸 전교생이 다 알고 있었지만, 그 아이는 구김이 없었다. 구김은커녕, 반장과 전교회장까지 도맡아 했다. 처음엔 짝꿍이어서 좋아했다가 나중에는 그냥 쭉 좋아해버렸다. 졸업할 때까지. 나중에 알게 된 사실이지만, 나는 오래 하는 짝사랑에 특히 강했다.

이사를 하면서, 나 혼자 다른 지역에 있는 중학교에 가게 되었다. 자연스럽게 짝사랑의 상대도 바뀌게 되었다. 더 이상 만날 일 없는 초등학교 동창을 계속 짝사랑하긴 어려운 일이었으니까. 옆 학교에 있는 이름만 아는 남학생이 나의 짝사랑을 고스란히 이어받았다. 중학교 3년 내내. 이상하게 학원에서 자주 마주치는 친구였다. 영어 수업도 수학 수업도 그 친구와 같이 들었다. '같이'라는 말에 오해는 하지 마시길. 한 교실 안에 '같이' 있었다는 이야기다. 불행히도 단 한 번도 옆에 앉아본 적 없었다. 물론 인사도 한번 해본 적 없고.

그 친구를 다시 만난 건 대학교 첫 강의실에서였다. 그렇다. 대학생이 되어서 들어간 첫 강의실에서 중학교 내내 짝사랑하던 그 친구를 만난 것이었다. 만났다? 아니, 뒤통수만 보고도 그 아인 걸 나만 혼자 알아봤다. '고3 때 그렇게

열심히 공부한 보람을 이곳에서 찾는구나!' 싶은 생각까지
들었다. 교수님의 말이 하나도 귀에 들어오지 않았다. 그 친
구가 혹시나 나를 알아볼까 나는 내내 심장이 쿵쾅거렸다.
말을 걸어볼까. 말을 걸면 나를 알아볼까. 절대 못 알아볼
텐데 어떻게 해야 하나 머리를 싸매고 있는데 수업이 끝났
다. 엄마에게 전화를 걸었다.

"엄마, ○○○ 봤대이."

"○○○? 니가 중학교 때 좋아하던 애? 같은 학교 왔더
나?"

"응. 방금 첫 수업 들어갔는데 딱 앉아 있는 거야."

"말 걸어봐라."

"싫다. 말 걸어도 내를 모를걸?"

도저히 말을 걸 수가 없었다. 나를 알아볼 리가 만무했기
때문이다. 나의 짝사랑은 철저한 짝사랑. 인사도 한 번 하지
않고, 눈 한 번 마주치지 않는 짝사랑. 혹시 눈 마주치게 되
더라도, 표정 하나 변하지 않는 사랑. 심장이 터질 것 같아도
얼굴 근육 하나 움직이지 않는 사랑. 절대 들키지 않는, 절대
들키지 않기 위해 안간힘을 쓰는 짝사랑이었다. 그땐 그래야
만 한다고 생각했다. 더 정확하게 말하면 사랑의 다른 방법
을 나는 알지 못했다. 결국 그 친구에게도 인사 한마디 건네

지 못했다. 종종 학교 안에서 마주칠 때마다 혼자 씁쓸한 미소를 지을 뿐이었다.

그렇다고 연애를 한 번도 못해본 건 아니다. 짝사랑에 종지부를 찍어야 하는 순간이 오기도 했다. 대학교 때 일이었다. 또 한 친구를 2년 넘게 짝사랑 하던 중에 그가 나에게 고백해왔다. 한겨울 밤, 눈이 펑펑 내리는 교정을 단둘이 걸으면서도 들키지 않았던 나의 짝사랑이, 둘이서 매일 만나 같이 공부를 하면서도 내색조차 하지 않았던 나의 짝사랑이, 그 친구의 고백으로 와르르 무너졌다. 드물지만 그런 순간도 있었다.

그럼에도 불구하고 나의 전공은 변하지 않았다. 짝사랑. 내 감정에 책임질 필요가 없으니 편리하고, 상대의 감정을 고려할 필요가 없으니 평온했다. 그 평온하던 수면 위로 친구가 조약돌을 하나 던졌다. 소개팅을 하라는 친구의 명령이었다.

"몇 년 전부터 자연스럽게 소개해주려고 했는데, 귀찮아. 전화번호 알려줄 테니까 둘이 알아서 만나. 아무리 봐도 둘이 너무 잘 어울려."

소개팅 날, 새벽부터 눈이 펑펑 쏟아졌다. 이런 날씨에 소개팅 따위를 하러 용인에서 홍대까지 두 시간에 가까운 길을 나서야 한다고? 나의 이성은 격렬하게 반항했지만, '둘이 잘 어울려'라는 친구의 말에 꾸역꾸역 머리를 감고 화장을 하고 집을 나섰다. 그리고 홍대의 평범한 파스타집에서 그 남자를 만났다.

저녁이 길어졌다. 어색할 거라 생각했는데, 의외로 대화가 끊이지 않았다. 책 이야기를 했다가, 출판사 이야기를 했다가, 그림 이야기도 했다가, 술 이야기도 했다. 어색한 순간 없이 서로 좋아하는 것들을 늘어놓기만 했는데도 시간이 차곡차곡 쌓였다. '좀 잘 통하는데?'라고 생각하는 순간, 그 남자가 말했다. 어쩌다가 이야기가 반 고흐까지 흘러간 찰나였다.

"그 그림 있잖아요. 고흐가 고갱의 의자를 그린 그림. 그 그림을 보고 있으면 고흐가 고갱을 진짜 좋아했구나, 라는 생각이 들어요. 너무 좋아해서 차마 그 사람의 얼굴을 그릴 수는 없었구나, 싶은 거죠."

그 순간이었다. 이상형의 종이 울렸다. 땡땡땡. 바로 이 사람이었다. "대화가 통하는 사람이 이상형이에요"라고 말할 때마다 회사 부장님은 포기하라고, 그런 사람은 없다고 누누이 충고했지만 드디어! 마침내! 파이널리! 나의 이상형을 만난 것이었다! 반드시 잡아야만 했다. 물론 문제가 하나 있었다. 바로 나. 내가 누구를 잡는다고? 내가? 과연 내가? 짝사랑의 달인, 짝사랑의 성직자, 평생을 짝사랑에 투신해온 내가? 과연 가능한 일일까?

다음 날 아침, 출근 버스 안에서 책을 펼치자 작가 루이제 린저가 내게 충고했다. 운명처럼 이렇게.

삼십 이전에는 고통과 격정에 완전히 자신을 맡겨야 한다. 모험을 감행해야 한다. 그렇다! 털 뽑힌 호랑이가 되어야 한다. 안 그럴 경우, 맥없는 고양이일 뿐이다.

_루이제 린저,《삶의 한가운데》

그 구절을 앞에 두고 한참을 생각했다. 나는 늘 사랑이라는 호숫가에 서 있기만 했다. 아름답다고 감탄만 하고, 손 한 번 담그지 않았다. 마치 손을 갖다 대기만 해도 온몸이 푸른색으로 물들어버릴까 걱정하는 사람처럼. 나는 철저하게 호숫가에 서 있기만 했다. 호수 안의 즐거운 연인들을 보면서. 호수 안에 우두커니 서 있는 짝사랑의 상대를 한없이 바라보며. 아무리 호수에 들어가고 싶어도 한 발은 뒤로 빼고 서 있었다. 언제나 도망갈 수 있도록. 그렇게 도망가면 상처 한 톨

안 받을 수 있다는 듯이. 어리석게. 비겁하게.

더 이상 안전할 수는 없었다. 모험이 필요했다. 때마침 그 남자의 생일이 다가왔다. 때마침 팀장님은 야근을 선언했고. 모두 저녁을 먹으러 갔지만, 나는 그 사람의 생일 케이크를 사러 갔다. 밤늦게 회의가 끝났고, 모두 회의를 정리하기 위해 자리에 앉는데 팀장님에게 말했다. 퇴근해야겠다고. 소개팅한 남자의 생일이 오늘이라고.

소개팅을 했다는 사실도, 내가 남자에게 적극적으로 나설 수 있는 사람이라는 사실도, 혹은 적극적으로 나서고 싶은 남자가 있다는 사실조차도, 그러니까 아무것도 예상 못한 팀 사람들의 입이 딱 벌어졌다. 그 모습을 뒤로하고 회사에서 나왔다. 나의 집은 용인. 그 사람의 집은 신촌. 회사는 강남. 택시를 타고 무작정 신촌으로 갔다. 내가 올 거라고 상상도 못하는 사람에게로 갔다. 케이크 하나 단단히 들고.

그래서 어떻게 되었냐고? 단 한 번의 미친 짓은, 그러니까 내 인생에 가능할 거라 생각해본 적도 없는 용기는, 아님 말고 식의 밀어부치기는, 성공으로 끝났다. 짝사랑의 역사도 끝났다. 그리고 그 남자와의 역사는 12년이 넘어가고 있다. 12년 전 시작된 그 대화는 아직도 계속되고 있다. 끝도 없이 발전하고 있다.

이제는 마흔이 코앞이지만 여전히 나는 믿고 있다. 아주 가끔은 털 뽑힌 호랑이, 아니 고양이, 아니 뭐라도 되어보는 게 좋은 것 같다고. 그 낯선 존재가 우리를 생각지도 못한 땅에 데려다 놓곤 하니 말이다. 그 땅에선 생각지도 못한 행복이 우리를 기다리고 있으니 말이다.

연애의
고수

　운명의 상대를 만난 운명의 소개팅! 그 소개팅을 받아들
인 건 외로워서가 아니었다. 연애가 간절해서도 아니었다. 소
개팅을 시켜준 친구에게 말하진 않았지만, 그건 고수 때문이
었다. 쌀국수집에 가면 나오는 바로 그 채소, 고수 때문에
운명의 소개팅을 하게 된 것이었다. 도대체 뭔 말이냐고?

　외로움 때문에 소개팅을 한다는 건 어차피 나에겐 불가
능한 이야기였다. 나는 외로움과 거리가 먼 인간이었으니까.
혼자 집 안에 며칠 동안 틀어박혀 있어도, 밤늦게 집에 들어
가 불을 켤 때에도 나는 외롭지 않았다. 외롭기는커녕 안도
감을 느꼈다. 나는 혼자 있는 시간에서 얻는 에너지로 세상

을 살아가는 부류의 인간이었으니까. 하지만 회사원이 되고 나서는 이야기가 좀 달라졌다. 물리적으로 도대체 외로울 시간이 없었다.

학생의 세계에서 직장인의 세계로 옮겨간다는 건 단순히 돈을 버는 세계로 편입한 것이 아니었다. 그 돈이 허용하는 수많은 경험들의 세계로 동시에 입장하는 것이었다. 3천 원 짜리 학교 앞 밥집에서 1만 2천 원짜리 파스타의 세계로, 천 원짜리 커피에서 5천 원짜리 아메리카노의 세계로 물 흐르듯 입장했다. 못 먹던 것을 먹기 시작했다. 안 보이던 것이 보이기 시작했다. 안 들리던 것이 들리기 시작했다. 심지어 내가 들어온 광고 분야는 그 모든 감각들의 최전선에 있는 세계였다. 알지 못했던 그 모든 감각들과 소개팅 하느라 나는 외로울 틈이 없었다. 매 순간 눈과 귀와 코와 입은 바빴다. 그중 특히 입이 바빴다.

하루는 카카오 100퍼센트 초콜릿을 만났다. 카카오는 초콜릿의 다른 이름인 줄 알았던 내게, 단맛이라고는 1도 찾아볼 수 없는 쓰디쓴 카카오 100퍼센트 초콜릿은 그 존재 자체로 충격이었다. 심지어 비쌌다. '이렇게 쓴 걸 이렇게 비싸게 주고 사먹는다고? 이건 도대체 무슨 맛으로 먹는 거예요?' 팀 사람들에게 솔직하게 물어보고 싶었지만 나는 조금 비겁

했다. 그래서 나도 다 안다는 듯이 묵묵히 쓴 카카오를 삼켰다. 정말 이해하기 힘든 맛이었다.

며칠 후엔 앤초비를 만났다. 소금에 절인 커다란 서양 멸치 앤초비를 넣은 파스타에 팀 사람들은 하나같이 열광했다. 나로 말할 것 같으면 평생 멸치라면 기겁만 하며 살아온 사람이었다. 멸치볶음과 멸치육수까지 멀리하며 유난을 떨던 사람이었다. 그런데? 어느새 나도 월급날이면 그 서양 멸치를 넣은 파스타를 먹으러 달려갔다. 또 하루는 아보카도를, 또 다른 날엔 똠양꿍을, 또 어떤 날엔 커다란 올리브를 만나느라 바빴다. 도무지 외로울 틈이 없었다.

그 모든 만남 중 으뜸은 고수였다. 고수, 비누맛이 난다는 채소. 사랑하는 사람과 혐오하는 사람이 마치 종교처럼 명확하게 나뉘는 채소. 그리하여 처음으로 태국 여행을 갔을 때 내 여행 책에는 굵은 글씨로 적혀 있었다. "마이싸이팍치"라는 말을 꼭 외워가라고. "고수 넣지 말아주세요"라는 그 말을 하지 않았다가는 한 입도 못 먹고 음식 전부를 버려야 하는 사태가 일어날 수도 있다고. 책에 적혀 있는 말이라면 유난히 신봉했던 20대 초반의 나는 고수가 도대체 뭔지도 모르면서 "마이싸이팍치"라는 말을 무슨 신비의 주술이라도 되는 것처럼 외우고 여행을 떠났었다. 나의 이 소중한 여행을 '고수'라는 듣도 보도 못한 채소가 다 망쳐버리면 큰일이니까.

그러던 어느 날, 회사 앞 쌀국수집에서 마침내 나는 고수와 대면하고 말았다. 차장님이 먼저 아무렇지도 않게 "고수좀 주세요"라고 말하니, 그에 질세라 부장님은 "많이 주세요"라고 말했다. 내 머릿속은 복잡해졌다. 고수? 그 고수? '마이싸이팍치'의 그 팍치? 비누맛 나는 풀? 먹어야 하나 말아야 하나 고민이 채 끝나지도 않았는데, 차장님이 내게 물었다. "민철이는 고수 먹어?" "한 번도 안 먹어봤어요." 그러자 팀 사람들은 신이 나서, 이걸 싫어하는 사람은 엄청 싫어하고, 좋아하는 사람은 엄청 좋아하는데, 우리는 너무 좋아한다, 조금만 뜯어서 너도 한번 먹어봐라, 이걸 국물에 넣으면 향이 확 달라지고 어쩌고저쩌고 설명이 길어졌다.

마침내 쌀국수가 나왔다. 고수도 나왔다. 고수를 쌀국수에 넣었다. 두 눈을 질끈 감고 한 숟갈 떠먹었는데, 지금이라도 "마이싸이팍치"를 외치는 게 나으려나 고민했는데 어랏, 너무 내 취향이었다. 이상한 기미라고는 조금도 찾아볼 수없었다. 향긋했다. 비누맛을 찾아보려고 애썼는데 그걸 찾기도 힘들었다. 그냥 맛있었다. 생각해보면 내게 고수를 안 좋아할 이유는 없었다. 나는 강한 맛을 유독 좋아하는 사람이었으니까. 향신료가 많이 들어간 음식, 많이 숙성한 치즈, 쓴맛이 많이 나는 채소 등이 나의 취향이었으니까. 그날 이후로 나는 어느새 고수까지 좋아하는 사람이 되어 있었다.

그렇다. 나는 내가 몰랐던 세계로 재빠르게 이주하고 있었다. 이전에는 몰랐던 맛을 찾아 일부러 먼 식당을 찾고 있었고, 이전에는 보지도 않았던 종류의 영화를 챙겨보고, 이전에는 몰랐던 브랜드의 최신 라인을 알게 되었다. 좋아하는 것들이 점점 많아졌고, 그만큼 싫어하는 것도 빠른 속도로 늘어나고 있었다. 좋게 말하자면 나의 세상은 넓어지고 있었고, 정확하게 말하자면 나의 취향은 점점 뾰족해지고 있었고, 솔직하게 말하자면 그런 세상을 모르는 사람들을 은근히 깔보기 시작한 것도 바로 이때쯤이었다.

겁이 덜컥 났다. 불과 1~2년 만에 일어난 일이었다. 넓어진 취향으로 누군가의 취향도 너그럽게 받아들이는 사람이 되고 싶었는데, 뾰족해진 취향으로 누군가를 콕콕 찌르는 사람이 되면 어떡하나. 이러다 나중에는 누군가 고수를 못 먹는다고 말하면, 누군가 내가 좋아하는 치즈를 한 입만 먹고 뱉어버리면, 누군가가 내가 좋아하는 브랜드가 별로라고 말하면, 그 사람과 나는 안 맞다, 라고 섣불리 결론 내려버리면 어쩌나. 그러다 결국 "도대체 나와는 맞는 사람이 없어"라고 습관처럼 말하는 사람이 되어버리면 어쩌나. 나는 내가 걱정되었다.

하루라도 마음이 말랑할 때 누군가를 만나면 좋을 것 같았다. 나도 이제 막 고수를 좋아하기 시작했으니, 그 누군가에게 "고수 한번 먹어볼래요? 저도 엄청 겁냈는데, 먹어보니 괜찮더라고요"라고 말할 수 있으면 좋을 것 같았다. 그렇게 서로를 감싸며 취향을 같이 만들어갈 수 있는 어떤 사람. 외롭진 않았지만, 누군가를 만나야만 하는 시기가 있다면 바로 지금이었다. 그때 운명처럼 친구가 갑자기 소개팅을 제안해온 것이었다. 그리고 그 소개팅에서 운명처럼 한 남자를 만난 것이다.

그리고? 그 사람과 나는 고수를 시장에서 한 다발을 사서 먹는 커플이 되었고, 꼬릿꼬릿한 향이 가득한 치즈를, 잔뜩 숙성한 홍어를 일부러 찾아서 먹는 부부가 되었다. 입맛도 취향도 비슷하게 가꾸며 즐거워하는 평생의 친구가 되었다. 그러니까 이 모든 운명의 시작은, 바로 고수 때문이다.

파이팅
소이소스

　남편이 또 무슨 콘서트에 당첨이 되었단다. 참 부지런하기
도 하지. 나 같으면 귀찮아서 클릭도 안 해보겠구먼. 언제 또
응모까지 했대. 같이 가줄 거냐고 눈을 반짝이며 물어보길
래, 그러겠다고 대답했다. 좀 힘들 수도 있다고 말하길래, 음
악이 힘들어봤자 뭘 또 그렇게 힘들겠나 싶어서 괜찮다, 라
고 대답했다. 앤스랙스Anthrax라는 메탈 밴드의 공연이라며
남편은 막 설명을 시작했다. 스래쉬 메탈계의 빅4였다는데
스래쉬는 뭐고, 앤스랙스는 또 뭐며, 빅4면 나머지 빅3는 또
누구이며, 어쨌거나 나는 무지했다. 완전한 백지상태. 힘들
거라고 남편이 경고했지만, 유명하다니까 한번 들어보자 싶

었다. 음악이니까. 음악이 뭐가 그렇게 힘들다고.

퇴근 후 공연장에서 남편을 만났다. 줄 서 있는 사람들을 보자마자 깨달았다. 세상엔 정말로 다양한 취향의 사람들이 저마다의 세계에 빠져 있다는 것을. 취향의 세계는 우주와도 같고, 내가 아는 행성은 정말로 좁쌀만큼 작다는 걸. 나는 이름도 모르는 행성의 거장을 영접하기 위해 사람들은 검정색 옷을 입고 검정색 아우라를 내뿜으며 얌전히 줄 서 있었다. 잠시 후엔 내가 모르는 음악에 맞춰 머리를 격하게 흔들겠지. 거칠게 소리를 지르겠지. 솔직히 말하자면 평소 가던 공연장의 관객들과는 사뭇 다른 분위기에 약간 쫄았다. 정말로 낯선 행성에 불시착한 기분이었으니까.

공연이 시작되기 전, 잠깐 화장실에 갔다. 그러고는 또 하나의 낯선 풍경을 마주했다. 정말 이런 공연장은 처음이었다. 남자 화장실 앞에는 끝도 없이 검정 티셔츠의 남자들이 줄을 서 있었다. 그리고 여자 화장실엔? 나 하나였다. 그 큰 화장실이 텅 비어 있었다. 이토록 적막한 여자 화장실이라니. 그것도 공연장에. 정말 이런 경험은 처음이었다. 나는 손을 씻다가 소리 내어 크게 웃었다. 우와. 나 오늘 진짜 이상한 곳에 왔구나. 남자가 90퍼센트 이상을 차지하는 공연장이라니. 근데, 이 밴드 이름이 뭐라고? 다시 물어봐야지. 그래도 공연에 왔는데 밴드 이름은 외워야지. 내가 그 정도 예의는 있지. 암, 그럼.

잠시 후 머리가 길거나, 수염이 길거나, 가죽옷을 입거나, 어쨌거나 각기 다른 검정색 사람들이 공연장을 채웠다. 그리고 그보다 더 센 음악이 공연장 전체를 채웠다. 사람들은 흥분했고, 남편도 흥분했고, 밴드는 노익장을 과시하며 사람들의 흥분을 더 끌어올렸다. 공연장 한가운데 선 나만 냉정했다. 한 곡이 끝나고 다음 곡이 시작되었는데, 나는 그 차이를 알 수 없었다. 격렬한 사운드가 계속되는데 도대체 아는 곡도 없고, 평소에 스스로 들을 리 만무한 음악들에 계속 집중하기는 힘들었다.

견디다 못해 나는 내 일을 하기로 했다. 그리하여 그날 공연장 안에서 나는 좀 바빴다. 사적으로 바빴다기보다는 국민의 일원으로서 좀 바빴다. 최순실의 태블릿 PC가 발견되고, 박근혜 당시 대통령이 사과를 하고, 거기에 의혹들이 잇따르고, 또 다른 무언가가 발견되고, 기 치료 아줌마가 등장하고, 승마 비리를 온 국민이 알게 되고, 대를 이은 농단이라는 역사가 밝혀지고, 나의 평범한 상상력을 뛰어넘는 시나리오가 계속 등장하고, 내가 정치 드라마 작가였다면 좌절

했을 것 같은 치밀한 상상력이, 시나리오에 그치지 않고 실제로 이루어지고, 그 모든 사건을 따라가느라 검찰 못지않게 국민들이 끝없이 바쁜 시기였다. 그날 저녁에도 또 새로운 뉴스가 우리의 허를 찌르고 뒤통수를 치는 중이었다. 나는 계속 뉴스와 트위터를 오가며 새로운 뉴스에 분노하고 있었다. 그 시끄러운 공연장 안에서, 그 폭발적인 사운드를 들으며, 그 열광적인 함성을 들으며. 그러다 문득.

좀 미안하다는 생각이 들었다. 솔직히 그렇게 열심히 공연하는 아저씨들 앞에서 뉴스 따위에 집중하고 있는 건 예의가 아니었다. 낯선 행성에 대한 예의도 아니었고. 모르는 음악이라도, 낯선 사운드라도, 좀 들어보자는 생각이 들었다. 집중해서 듣다 보면 나에게도 새로운 취향이 생길지도 모르니. 집중을 하니, 나중엔 가사도 들렸다. 또렷하게. 파이팅 소이소스. 응? 가사가 이거라고? 나도 내 귀를 의심했다. 목소리의 바닥까지 열심히 긁어대며, 관객을 열광의 도가니로 몰아넣으며 외치는 것이 고작 파이팅 소이소스? 그러니까 간장 만세? 들으면서도 믿을 수 없었다. 심지어 노래 내내 어찌나 '파이팅 소이소스'가 많이 반복되는지, 간장으로 만든 음식을 수십 년 먹어온 나로서도 이해할 수 없을 만큼 열렬한, 서양인의 간장 사랑이었다. 그 곡이 끝나자마자 나는 뿌듯한 얼굴로 남편에게 말했다. 가사를 알아들은 기특한 나를 칭찬해주렴, 남편아, 이런 기분으로.

"파이팅 소이소스라니, 가사 너무 귀여운 거 아니야?"

"응?"

"파이팅 소이소스, 아니야?"

"뭐가?"

"계속 저 보컬이 불렀잖아. 파(이).팅.소(이).소(스).라고.(괄호 안은 약간 흐리는 발음이었다.)"

"푸하하하하하하하하하. '안티소셜'이야."

이럴 수가. Fighting Soy Souce가 아니라 Antisocial(반사회적인)이었다니. 그래, 고작 간장 만세를 말하면서 너무 비장하다 싶긴 했다. 간장 만세를 저렇게까지 고함치면서 부를 거까지야. 보컬 아저씨가 간장을 매일 들이붓다가 큰 병에 걸리지 않고서야 뭘 저렇게까지, 라고 잠깐 생각은 했었다. 나와 다른 취향의 행성에 성급하게 들어가다가, 성급하게 너희들 취향 나도 다 알지, 라며 이해하는 척하다가 제대로 걸려 넘어진 거였다. 간장 만세라니. 해골이 그려진 민소매 셔츠를 입고, 치렁치렁거리는 머리를 휘날리며, 이글이글 타오르는 눈빛으로, 그건 아니지. 그날 밤 나는, 내가 전혀 모르는 행성에 들어갔을 때엔 닥치고 그들을 존중해야 한다는 걸 새삼스럽게 다시 배웠다. (하지만 나중에 집에 와서 그 곡을 다시 들은 남편은 '안티소셜'이 '파이팅 소이소스'로 들린다는 걸 인정했다. 내가 거짓말한 건 아니었다. 여러분도 들어보시라. 4분이 넘어가면 갑자기 '안티소셜'이 '파이팅 소이소스'로 들린다.)

우리 집에는 내가 건들지도 않는, 궁금해하지도 않는, 남편 취향의 영역이 있다. 청소기 소리도 다 이겨버리는 대단한 록의 세계. 남편이 고등학교 때 유독 열심히 들었다는데, 어쨌거나 나는 아무 관심이 없다. 그리하여 우리 집에선 내가 잠들고 난 후, 남편의 취향이 시작된다. 헤드폰을 끼고 혼자서. 아마 혼자서 소리도 지르려나? 모르겠다. 다만 아침에 일어나 헤드폰과 해골 CD들이 거실에 나뒹굴고 있는 걸 보면, 어젯밤에도 혼자서 격렬했구나, 짐작만 할 뿐이다. 그 영역을 굳이 함께 즐기려 하지는 않는다. 남편도 나도. 어쨌거나 각자에겐 각자의 행성이 필요하니까. 누구의 이해도 필요하지 않고, 내가 좋아하니까, 라는 이유만으로도 충분한 행성. 우리 각자는 그 행성 안에서 안전하다.

비굴하지 않게,
초라하지 않게

　너무 쉽게 말한다. "역시 우리나라 비행기 승무원이 최고
야. 예쁘고 친절하고." 부정할 수 없다. 모두 도자기 같은 화
장에 한 올 흐트러짐 없는 머리에 딱 붙는 치마를 입고 있
다. 식사를 서빙하느라 허리를 굽히고, 트레이를 치우느라
자리에 쪼그려 앉고, 짐을 올리느라 두 팔을 하늘로 쭉 펼치
고, 혹시라도 사고가 나면 우리 목숨을 구하는 사람들이 세
상에서 제일 불편한 옷을 입고 있다. 열세 시간 비행이 끝날
때까지 처음과 같은 화장과 복장과 미소를 입고 있어야 한
다. 이상한 승객들이 더 이상한 요구를 해도 웃고만 있어야
한다. 라면도 몇 번이나 끓여줘야 하고, 마카다미아도 봉지

째 대령해야 한다. 그게 서비스니까. 회사부터 승객까지 그게 서비스라고 강요하니까.

너무 자주 듣는다. "주문하신 커피 한 잔 나오셨습니다." 분명 잘못된 말이다. 물건에 존댓말을 쓰다니. 하지만 어쩌다가 그런 말까지 쓰게 된 건지 생각하면 그 사람만을 쉽게 탓할 수는 없겠다 싶다. 서비스는 과도해야 하니까. 손님에겐 아무리 과도한 서비스도 부족하니까. 과도하게 하지 않았다가는 물병이 날아오는 시대를 살고 있으니까. 물병을 맞는 것보다야 커피에 존댓말을 쓰는 게 낫다.

이상한 손님들이 만들어내는 이상한 서비스 문화. 그 서비스에 익숙해진 사람들이 만들어내는 이상한 갑질. 그 갑질을 당하지 않기 위해 방어적으로, 습관적으로 하는 과도한 서비스. 어디서부터 일그러지기 시작한 걸까?

포르투갈 에보라에 갔을 때의 일이다. 호텔을 떠나기 직전, 나는 남편에게 말했다. 진지하게.

"오빠, 나 이 호텔에 다시 와야 할 것 같아. 와서 한 달 동안 머무르면서 이 호텔에 대한 책을 쓰고 싶어. 근데 한 달이면 될까?"

진심이었다. 한 달이 걸려서라도 이 호텔의 정체를 파악하고 싶었다. 도대체 이 호텔에서는 무슨 일이 일어나고 있길래, 직원들이 이렇게 서비스를 하나 싶었다. 직원은 단 아홉명. 세 명이 한 조가 되어 3교대 근무를 한다고 했다. 직원이라고 따로 복장을 갖춰 입은 것도 아니었다. 그냥 다들 각자의 평상복이었다. 그러다 보니 로비에 앉아 있으면 손님과 직원을 구별하는 일이 불가능해졌다. 하지만 걱정할 필요는 없었다. 조금만 도움이 필요하다 싶은 기색만 내비춰도 누군가가 순식간에 옆에 와서 "도와줄까요?"라고 물었다. 그 사람이 바로 직원인 것이다. 직원은 유능한 친구처럼 차근차근 도와주고, 여행에서 긴장한 사람들의 마음까지 풀어줬다. 더 놀라운 건 그다음이었다. 그들은 손님들 곁을 떠나야 하는 순간을 귀신같이 알았다. 매끄럽게 도움을 주고, 그것보다 더 매끄럽게 뒤로 물러났다. 불편하거나 과한 서비스가 하나도 없었다. 그 모든 것이 물처럼 자연스럽게 흘러 그 경계조차 편안하게 느껴졌다. 그게 어떻게 가능한지, 나는 꼭 풀고 싶은 수수께끼 하나를 받은 느낌이었다.

에보라를 떠나기 전날, 호텔에서 추천한 레스토랑을 찾았다. 하지만 굳게 문이 닫혀 있었다. 할 수 없이 호텔로 돌아와서 또 다른 레스토랑을 추천해달라고 말했다. (스마트폰이나

지도 앱 같은 건 쓸 줄 모르던 시절이었다.) 그랬더니 귀엽고 발랄한 직원이 그 식당에 전화를 했다. 우리가 말한 것처럼 식당은 닫혀 있는 건지 전화를 받지 않았다. 그녀는 우리보다 더 초조한 얼굴이 되었다. 왼손으로는 식당에 전화를 걸고, 오른손으로는 호텔 추천 리스트에 있는 다른 레스토랑들을 짚으며 설명하기 시작했다.

"여기도 괜찮아. 근데 여기는 좀 비싸니까 애피타이저는 건너뛰고 메인 하나만 먹어. 여기는 내가 좋아하는 곳이야. 근데, 담배 피워? 여기는 다 흡연석이라서. 그럼… 아! 이 식당은 고기를 잘하는 곳이야, 특히… 아 맞다, 해산물 먹고 싶다 그랬지?"

내 일이 아닌 다음에야 저렇게까지 도와줄까 싶을 만큼 진심이었다. 내가 맛있는 저녁을 먹는 일이 그녀 일생의 미션이라도 된 것처럼 초조한 얼굴로 몇 군데 전화를 더 해보더니, 우리에게 말했다. "우리, 원래 너희들이 가려고 했던 그 레스토랑에 한 번만 더 전화해보자. 아무리 생각해도 거기 수프가 지금 너희들에게 딱일 것 같아."

그 순간, 그녀의 간절한 마음을 들은 건지 전화 연결이 되었다. 그녀는 좋아서 발을 동동 구르며 우리 이름으로 바로 예약을 해주었다. 주문해야 하는 음식까지 꼼꼼히 챙겨주었다. 그리고 그 음식은 포르투갈 여행 내내 먹은 음식 중 최고가 되었다.

탱탱한 생선살과 새우와 쌀과 토마토와 고수가 어우러진 엄청난 양의 해산물 수프. 나와 남편은 이성을 잃었다. 영혼을 구원하는 요리가 포르투갈 에보라에 있었다니. 말을 하지 않고 지나갈 수가 없었다. 우리는 계산을 하면서 "포르투갈에서 먹은 음식 중 최고였어"라는 말을 했다. 주인장은 뛸듯이 기뻐하며 주방을 향해 소리를 질렀다. "이 사람들이, 포르투갈에서 먹은 음식 중 최고였대!" 주방에서도 환호성이 들려왔다. 호텔에 돌아왔더니 아까 그녀가 다른 손님들과 이야기를 하다가 우리를 향해 궁금한 표정을 던졌다. 자신의 추천이 정말 괜찮았는지 궁금해 동동 구르는 저 표정. 나는 사랑스러운 그녀를 향해 두 손의 엄지를 치켜들며 식당 주인에게 했던 그 말을 그대로 그녀에게 돌려주었다. 그녀는 너무 행복해하며 도대체 저 사람들 뭘 먹고 왔길래 저러나 싶은 표정을 짓는 다른 손님들에게 우리가 다녀온 식당의 위치와 메뉴를 바로 알려주기 시작했다. 그녀는 그 순간 그 손님들의 천사로 돌변했다. 그곳엔 친절을 가장하지 않은 천사들이 일하고 있었다.

그 이후에도 드물게 에보라의 그 호텔을 떠올릴 때가 있었다. "너를 대접하는 것이 나의 일이야, 나는 나의 일을 하는 거지"라고 말하며 커피 잔을 바에 가져다주려는 나를 자리에 도로 앉힌 점원을 만났을 때. 나를 낮추지 않으면서도 상대를 높이는 서비스를 만날 때. 아니, 높낮음이 없이 사람과 사람 사이에 온당한 주고받음이 이루어지는 순간이 생길 때. 혹은 돈을 준다는 이유만으로 부당한 요구를 해오는 사람을 마주하게 될 때. 돈을 받는다는 이유만으로 허리를 숙여야 하는 상황을 겪게 될 때. 서비스를 하는 사람도 비굴하지 않고, 받는 사람도 부담스럽지 않은, 그리하여 그 누구도 초라하게 만들지 않는 순간이 그리울 때. 그때마다 나는 에보라의 호텔을 떠올린다. 지구 어딘가에선 서비스에 찌들지 않은 마음들이 누군가를 보살피고 있다는 사실을 생각하며 먼 등대 같은 위로를 받는 것이다.

겨우
술 한 잔

1

회사 동기와 점심을 먹었다. 햇살이 좋았고, 미세 먼지가
없었고, 꽃이 만발이었고, 연한 연두가 지천이었다. 봄이었
다. 밥을 먹고, 늘 그렇듯 커피를 마시러 가다가 갑자기 맘을
바꿨다. 야외 테라스에 앉았다. 나는 차가운 화이트 와인을
시켰다. "점심시간에 술을 마신다고?" 동기는 기겁을 하더니
이내 자기도 화이트 와인에 동참했다. 와인 잔을 쨍그랑. 바
람이 살랑. 기분이 둥실. 별 말도 하지 않고 우리는 나란히
앉아서 와인을 마셨다. 몇 모금 마시지도 않았는데 동기의
얼굴은 상기되었다.

"언니, 나 지금 정말, 너무 행복해. 진짜, 너무."

언젠가 남프랑스로 여행 갔을 때 배운 기술이었다. 기술이랄 것도 없었다. 햇살 좋은 낮에, 야외에 앉아, 차가운 화이트 와인 한 잔을 주문하는 것. 비싼 와인일 필요도 없었다. 여러 잔이 필요하지도 않았다. 아주 평범한 화이트 와인 한 잔이 마법을 부렸다. 2배속, 아니 3배속, 어쩌면 10배속으로 달리고 있던 일상에 갑자기 스톱 버튼을 눌렀다. 잠깐만. 진짜 잠깐만. 그러고 나자 방금 전까지 아등바등하던 일들이 사실은 그다지 중요하지 않은 일일지도 모른다는 생각이 들었다. 정말 중요한 것은 이 봄에, 이 햇살에, 이 바람에, 내가 조금이라도 더 행복해지는 일이었으니까. 우리는 행복을 손에 들고 그 맛을 조금씩 입 속으로 흘려 넣는 중이었다. 그리고 그 행복을 맛보던 동기의 표정은 결코 잊을 수 없을 것이다. 겨우 술 한 잔에. 물론 그 한 잔에 제일 감동하는 건 언제나 나지만.

2

같이 퇴사를 도모하던 회사 친구가 있었다. 우리는 매일 회사를 그만두고 런던으로 가겠다고, 파리로 가겠다고 입버릇처럼 말했었다. 하지만 나는 결국 그만두지 않았고, 그 친구는 용기 있게 런던으로 떠났다. 그곳에서 친구는 나에게 자신의 블로그 주소를 알려왔다. 그곳에 자신의 소식을 올리겠노라고. 본격 염장 블로그가 되겠구나, 라고 생각하며 매일 그 블로그에 들어갔다. 하지만 그 친구가 올리는 일기는 런던의 날씨 같았다. 흐렸고, 바람이 거셌고, 비가 내렸다. 도무지 그치지 않는 어두운 나날들. 자취를 해본 적도 없는 친구가, 그 먼 런던에 가서 자취를 시작했으니 고생은 불 보듯 뻔했다. 그리고 친구는 그 고생에 녹아들어 스스로 어두움이 되어가고 있었다.

이 친구 어쩌나, 라고 나는 매일 걱정하고 있었는데 그녀의 가장 친한 친구 N이 런던에 나타났다. 갑자기 런던에 햇살이 쨍하게 비추는 느낌이었다. 그 기운이 서울에 있는 나에게까지 전해졌다. 실제로 N은 어두움에서 그녀를 끄집어내 햇볕에 말렸고, 그녀에게 각종 행복의 기술을 전수해주고 떠났다. 그리고 그 기술의 핵심에 술이 있었다.

"1일 1맥주를 실천하도록 해."

친구는 타고난 성실함으로 그 말을 지키기 시작했다. 매일 저녁이면 동전 몇 개를 챙겨서 동네 펍에 가기 시작한 것이다. 그곳에서 책을 읽고 그림을 그렸다는 이야기가 블로그에 올라오기 시작했다. 그즈음이었다. 그녀의 글이 밝아지기 시작한 것은. 런던 시내를 탐험하기 시작하고, 같은 미술관에 몇 번이고 방문해서 아름다움에 대해 끝도 없이 말하기 시작한 것은. 그녀가 마침내 그곳에서 행복해지기 시작했다는 사실에 나는 안도의 한숨을 내쉬었다. 그 모든 변화의 시작은, 겨우 술 한 잔이었다.

3

동네 시장 옆에 있는 국밥집에서 남편과 저녁을 먹고 있던 밤이었다. 짤랑, 문이 열리며 뽀글뽀글 파마머리를 한 아저씨가 들어왔다. 거기까지는 평범한 풍경이었다. 하지만 그다음 장면부터는 보면서도 내 눈을 의심하지 않을 수 없었다.

아저씨는 출입문 바로 옆에 있는 냉장고 문부터 열었다. 왼손으로는 스테인리스 물컵을 꺼내고 오른손으로는 소주를 한 병 잡았다. 워낙 작은 가게였기 때문에 두 걸음만 더 걸으면 부엌이었다. 그곳으로 간 아저씨는 주인아주머니 앞에서 소주를 땄다. 꽐꽐꽐꽐. 소주 반병이 그 컵에 들어갔다. 단숨에 마셨다. 그동안 주인아주머니는 한 치의 표정 변화도 없이 생양파 한 조각을 아저씨 앞에 내놓았다. 소주 반

병을 원샷한 아저씨는 생양파 한 조각을 씹으며 주머니에서 돈을 꺼내 아주머니 앞에 내놓고, 남은 소주 반병을 다시 냉장고 안에 넣었다. 그리고 나갔다.

보면서도 믿을 수 없었다. 단 한마디의 말도 없었다. 한 치의 오차도 없었다. 어떤 어색함도, 주저함도 없었다. 아저씨의 동작에도 아주머니의 동작에도. 그 둘의 표정에도. 그리고 더욱 놀라운 것은 그 모든 일이 일어나는 데 1분도 걸리지 않았다는 것이다. 하지만 나는 마치 한 편의 무용 공연을 본 것 같은 기분이었다. 오랜 시간이 걸려 완성한, 지나치게 완벽해서 어느 부분도 손댈 곳 없는 한 편의 마스터피스. 그 모든 공연을 마치고, 아저씨는 본인의 과일가게로, 아주머니는 본인의 부엌으로 들어갔다. 공연은 끝났지만 관객의 감동은 끝나지 않았다.

그러니까 나는 그 밤, 겨우 술 한 잔의 내공이 그 정도가 될 수 있다는 것을 내 눈으로 목격한 셈이었다. 술 한 잔의 끝판왕. 소주잔이 뭐가 필요해. 있는 잔 그냥 써. 앉을 필요가 뭐 있어? 거참, 물 마실 때마다 사람들이 의자에 앉는 건 아니잖아. 안주? 아니, 술 마신다니까. 뭘 먹겠다는 게 아니라. 뭘 따로 시간을 내. 1분도 안 걸려. 술 한 잔인 걸. 겨우 술 한 잔. 거추장스러운 거 다 빼고 그냥 술 한 잔 마시자니까. 목표에만 집중. 돌진. 끝. 거봐, 1분도 안 걸렸지?

그때 기립박수를 쳐야만 했다. 그게 아직까지도 아쉽다.

4

"몇 년을 노력했더니 이제 와인을 따면 와이프가 한 잔까지는 마셔. 든든한 노후 준비 하나를 마친 느낌이야." 선배의 말을 듣다가 무릎을 탁 쳤다. 술 한 잔이 노후 준비라니. 근사한 표현이었다. 정확한 표현이었다. 저녁에 마주앉아 술 한 잔을 같이 마시며 하루의 일을 두런두런 말하는 시간을 확보한 것이 노후 준비가 아니라면 무엇이 노후 준비겠는가. "우리 부부는 서로 말 거의 안 해. 할 말이 없어"라고 말하는 사람들을 만나면 술 한 잔을 처방으로 내려주고 싶어진다. 평소에 마주앉아 이야기를 안 하기 때문에 더 할 말이 없는 관계가 되어버린 것이다. 그러므로 마주앉아야 한다. 술 한 잔을 앞에 두고. 술이 아니라면 차를 앞에 두고. 마주앉아야 한다. 그리고 별 거 아닌 오늘 하루를 말해야 한다. 당장은 별 거 아닌 것처럼 보일지라도, 쌓이면 견고한 '우리'가 되니까. '우리'는 함께 즐거울 것이다. 함께 어려움을 넘을 것이다. 오해가 쌓일 틈은 없을 것이다. 서운함이 쌓일 겨를도 없을 것이다. 우리가 마주앉아 오늘을 이야기하기 시작한 이상.

5

겨우 술 한 잔.

무작정 흘러가는 일상에
스톱 버튼을 누르게 하는 힘.
흘러가던 바람을,
의식하지 못했던 햇살을
잡아다가 여기에 앉히는 힘.
딱딱해진 마음을 살살 풀어주고,
딱딱해진 관계도 어느새 풀어주는 힘.
때론 약간의 에너지.
때론 약간의 한숨.
때론 커다란 숨구멍.
때론 폭발하는 행복.

그 모든 것의 시작이

겨우 술 한 잔.

무려 술 한 잔.

3

가본 적도 없는
머나먼 이국의 글이
너무 내 취향일 때면 생각한다.

모양도, 이름도 낯선
악기 소리에 반해
결국 그 악기를 사겠다며
비행기 표를 끊는 친구를 보며 생각한다.

"어떻게 이 일을 시작하셨나요?"
라는 질문에
"그냥 좋아서요."
라고 미소로 대답한
수많은 거장의 얼굴을 보며 생각한다.

어떤 취향은
우리를 정말로
멀리멀리 데려가는구나.
정말로 생각지도 못한 땅까지.
감히 꿈꾸어본 적도 없는 순간에까지.

예쁘지 않은
팀장이 된다는 것

합격했다. 무려 광고회사에. 무려 카피라이터로. 멋있고,
예쁘고, 창의적이고, 때로 돌아이 같은 재기발랄한 사람들
만 잔뜩 모여 있을 것 같은 회사에 내가, 파릇파릇한 신입
카피라이터로 입사한 것이다. 벌써 2005년의 일이다.

아무에게나 명함을 내밀고 싶어 손이 근질근질했다. "저
기요, 혹시 카피라이터라고 아시나요? 네. 그렇습니다. 그 멋
있는 이름이 바로 제 직업이죠. 하하하하"라고 말하고 싶어
목구멍이 간질간질했다. 사실 사무실의 모습은 일반 회사와
크게 다를 건 없었지만, 어쨌거나 '카피라이터'라는 이름만
은 근사했다.

4년 넘게 산 월세 12만 원의 옥탑방부터 떠나기로 했다. 돈도 벌기 시작했겠다, 카피라이터라는 근사한 직업도 얻었겠다, 이사를 못할 이유가 없었다. 나도 깔끔한 원룸에 한번 살아보자, 라며 회사 근처에 집을 구했다. 낮엔 몰랐는데, 밤이 되니 얼굴을 바꾸는 동네였다. 유흥업소가 많은 동네였다. 어두웠고, 거칠었고, 인간적 교류 따위는 없었다. 퇴근길에도 출근길에도 술 취한 사람들을 마주치는 건 일상이었다. 분명 강남이었지만 드라마에서 보던 부유한 강남의 모습과는 거리가 먼 동네였다.

한 친구가 말했다.

"야, 너는 근데 스펙만 들으면 되게 그럴싸해. 강남에 사는, 강남에 있는 광고회사를 다니는, 20대 여자 카피라이터. 캬."

근데 문제는, 그 모든 단어를 들었을 때 상상하는 외모와 내가 멀어도 한참 멀다는 사실이었다. 매일 청바지만 입거나 유행과 아무 상관없는 재킷을 걸치고 다녔다. 나도 좀 비싸고 근사한 옷을 걸쳐야 하나 싶었지만 기본적으로 쇼핑 욕구가 희박했다. 돈도 부족했고, 유행에도 둔감한 인간이 바로 나였다. 그렇다고 대단한 개성이 있느냐 하면 그것도 아니었다. 인정할 수밖에 없었다. 그냥 멋없는 인간이라는 걸. 남들에겐 당연한 일도 나에겐 어색했다. 멋 부리고 금요일 밤에 클럽에 가는 일도 없었고, 친구를 만난다며 신경 써서 가방을 드는 일도 없었고, 소개팅을 한다며 정성 들여 화장을 하는 일도 없었다. 그러다 보니 카피라이터라는 근사한 이름에도 불구하고 나의 외모는 언제나처럼 그대로였다. 그러니 그 친구의 그다음 말도 이해가 안 되는 건 아니었다.

"근데, 그 모든 스펙을 들었을 때 상상되는 이미지와 너는 멀어도 너무 멀단 말이지. 쯧쯧."

"알아. 안다고."

하루는 그 친구가 회사 앞으로 놀러 왔다. 친구와 회사 앞을 지나다가 우연히 같은 회사의 카피라이터를 만났다. 긴 머리카락에 운동으로 다져진 날씬한 몸매, 화려한 하이힐, 멋있는 원피스, 당당한 걸음걸이. 그 카피라이터와 인사를 하고 돌아서는데 친구가 물었다.

"누구야?"

"우리 회사 카피라이터."

"완전 예쁘다."

"그렇지?"

"민철아, 내가 생각한 카피라이터는 저런 모습이야. 너 같은 모습이 아니라."

"그렇지. 카피라이터라는 단어와 딱 어울리는 친구지."

나를 누구보다 잘 아는 그 친구는 고개를 절레절레 흔들며 말했다.

"너도 저렇게 꾸며주면 안 돼?"

"응. 안 돼."

그 대화가 있은 지 12년이 지났고, 문제는 조금 더 심각해졌다. 여전히 '카피라이터'라는 단어의 아우라와 전혀 상관없는 모습으로 살아가고 있는 나에게 회사에서 '크리에이티브 디렉터'라는 호칭을 내린 것이었다. 설명하자면 팀장 격으로 승진을 한 것인데, 크리에이티브 디렉터라니. 이건 더욱더 소화가 불가능한 단어였다. 뭘 해야 하나. 뭐부터 해야 하나. 거울을 보며 생각했다. 뭐라도 해야 할 텐데. 우선 인터넷 쇼핑몰에서 단정한 옷부터 몇 벌 샀다. 자꾸 광고주를 만날 일이 늘어날 텐데, 평소 차림으로 그곳에 갈 수는 없다는 판단이었다.

같은 회사 동료에게서 문자가 왔다.

'축하해. 원래 하던 일이니까 잘할 거야.'

'일은 그렇다 치더라도 살부터 빼야 할 듯. 크리에이티브 디렉터에 어울리는 외모가 아니야.'

축하받는 일이 머쓱하기도 해서 나는 무심하게 그렇게 답을 보냈다. 아무 생각 없이. 아무 일도 아니라는 듯이. 그런데 완전 의외의 답이 돌아왔다.

'그런 사람들은 너무 많잖아. 너는 그냥 너처럼 하면 돼.'

그 답을 받고 나는 퇴근길 지하철 의자에 한참이나 앉아 있었다. 망치로 한 대 맞은 것 같은 기분이었다. 나는 어쩌자고 외모를 먼저 생각한 걸까. 여자를 외모로 평가하는 것에 그토록 분노하는 나면서, 왜 정작 나는 나를 외모로 평가한 걸까. 12년 전의 나도, 지금의 나도, 왜 '카피라이터'니 '크리에이티브 디렉터'니 낯선 직함 앞에서 늘 외모부터 떠올렸을까. 생각은 복잡해졌다.

내가 남자였더라도 나는 '크리에이티브 디렉터'라는 이름 앞에서 나의 외모부터 떠올렸을까? 살부터 빼야 한다고 스스로를 다그쳤을까? 사람들이 나를 외모로 평가할 거라고 지레 짐작하고 몸을 사렸을까? 아무리 생각해도 답은 '아니다'였다. 나의 팀장님은 본인이 쓴 카피처럼 늘 '청바지와 넥타이는 평등하다'를 실천하고 살아가는 분이었다. 중요한 자리에도 청바지를 입었고, 때론 찢어진 청바지를 입기도 했다. 하지만 누구도 그분을 외모로 평가하지 않았다. 상식과 다른 옷차림은 대부분의 경우 '크리에이티브 디렉터의 개성'으로 해석되었다. 그렇다면 내가 여자라고 해서 남자 크리에이티브 디렉터와 다른 기준으로 평가받고 싶은가? 그 질문에는 누구보다 단호하게 고개를 저을 수 있었다.

그렇다면 답은 명확했다. '나는 크리에이티브 디렉터에 어울리는 외모인가?'라는 질문은 애초에 불필요했다. 질문은 이렇게 수정되어야 했다. '나는 어떤 크리에이티브 디렉터가 되고 싶은가?' 내가 되고 싶었던 크리에이티브 디렉터의 덕목들을 줄 세운다면, 아마 맨 끝에 있는 단어가 '예쁜 팀장'일 것이다. 그렇다면 나는 그 앞에 있는 팀장의 덕목들을 실천하기 위해 노력해야 할 것이다. 합리적인, 능력 있는, 야근 안 시키는, 질척대지 않는, 산뜻한, 매력적인, 빨리 결정을 내리는, 책임을 지는 팀장. 예쁜 팀장이 되는 것 말고도 되어야 할 팀장은 너무 많았다.

생각이 여기까지 미치니 전에 없던 사명감까지 생겨났다. 12년 동안 사명감은 나와 가장 먼 단어였는데. 사명감에 가득찬 광고계의 사람들을 보며 애써 여기는 그냥 회사라고 생각했고, 나는 언제라도 그만둘 수 있다고 스스로 말해왔는데. '팀장'이라는 단어 앞에서 갑자기 솟아나는 사명감이라니.

사생활을 지키면서도 회사 생활을 할 수 있다는 걸 보여주자. 휴가를 다 쓰면서도 좋은 광고를 만들 수 있다는 걸 경험하게 해주자. 미치지 않고서도, 모든 걸 포기하지 않고서도, 광고 일을 할 수 있다는 걸 기어이 보여주자. 그런 선배가, 그런 여자 선배가 존재할 수도 있다는 그 당연한 사실을 후배들에게 보여주자. 나에겐 한 번도 해당사항이 없을 것이라 생각했던 '사명감'이라는 단어를 그날 밤엔 온몸으로 이해했다. 이렇게 써놓고 보니 조금 낯부끄럽지만. 그 밤엔 그게 진심이었다.

　물론 요즘 매일 야근 중인 우리 팀 사람들이 지금 이 글을 읽는다면 "야근 안 시키는 팀장? 팀장님이요?"라고 말하며 콧방귀를 뀌겠지? 그리고 야근할 때마다 나에게 "야근 안 시키는 팀장이 된다면서요"라고 말하겠지? 그렇게 나를 계속 놀려먹겠지? 어쩔 수 없다. 차근차근히 해나갈 수밖에. 이제 막 시작이니까.

1

48시간에 한 번씩 퇴근을 하며 살았던 적이 있었다. 카피라이터가 되기 전, 1년간 작은 영상회사를 다닐 때의 일이다. 말 그대로 48시간에 한 번씩 퇴근했다. 월요일 아침에 출근해서 그 밤을 꼬박 새고 화요일에도 어제 그 옷을 그대로 입고, 그 자리에 그대로 앉아 일했다. 그리고 밤 아홉 시가 넘어서 겨우 퇴근했다. 수요일에 출근하면, 물론 목요일 밤에 퇴근했다. 주말이라는 건 어떻게 생긴 건지 도무지 볼 틈이 없었다. 사람들이 그토록 주말에 목숨 거는 걸 보면 분명 어여쁘고 근사하고 유머도 넘치는 존재임에 틀림이 없는데, 나는 아예 영접조차 할 수 없었다. 다만 내가 만날 수 있는 것은, 일 혹은 일 그리고 일밖에 없었다. 그렇게 한 달을 살고 경쟁 프레젠테이션 세 개가 동시에 끝이 났다. 금요일 밤이었다. 회사 사람들과 술을 마셨다. 그리고 새벽에 집에 들어가 잠을 자기 시작했다. 나도 내일은 주말과 지겨울 때까지 놀아봐야지, 라고 다짐하며.

눈을 떴을 땐 내 작은 옥탑방이 깜깜했다. 오, 늦게 잤는데 이렇게나 새벽에 일어난 건가. 나는 설레는 마음으로 휴대폰을 열었다. 그리고 잠시 얼음. 휴대폰을 닫았다가 다시 열어보았다. 시간은 그대로였다. 도무지 이해가 되지 않았다. 몇 번이나 휴대폰을 다시 켜봤다. 어떻게 일요일 밤 아홉 시지? 토요일 밤 아홉 시도 아니고, 일요일 아침 아홉 시도 아니고, 일요일 밤 아홉 시? 불도 안 켜고 멀뚱멀뚱 누워 있다가 벌떡 일어났다. 그토록 기다렸던 그 주말이란 존재가 겨우 세 시간 남았다는 소리였다. 맛있는 밥 한 끼 못 해먹었는데, 친구랑 수다 한 번 못 떨었는데, 청소도 못하고, 영화도 한 편 못 봤는데 이틀이 통째로 날아간 것이었다. 뭐라도 해야 했다. 옷을 입고 밖으로 나갔다. 비디오 가게로 들어갔다. 그리고 최신 영화 한 편을 빌렸다. 집으로 들어와 영화를 틀었다. 그리고 채 몇 장면도 보지 못하고 나는 다시 잠이 들었다. 눈을 떴을 땐 아침이었다. 월요일이었다. 나는 샤워를 하며 소리를 막 질렀다. 다시 출근이었다. 스물다섯 살이었고, 이대로는 살 수 없다고 생각했다. 다시 구직사이트를 들락날락하기 시작한 것은 그때부터였다.

2

두 번째 회사. 출근 첫날, 팀 사람들은 모두 여섯 시가 되니까 사라졌다. '여섯 시 칼퇴'라는 존재를 처음으로 눈으로 목격한 날이었다. 정말 여섯 시에 퇴근해도 되나, 멀뚱멀뚱 앉아 있다가 첫날이라고 팀장님이 사주는 술을 먹고 퇴근했다. 다음 날부터는 정말 난감해졌다. 여섯 시에 퇴근이라는 걸 해본 적이 없는 나는, 여섯 시 이후의 시간이 생애 처음으로 주어졌음에도 불구하고 뭘 해야 할지 몰랐다.

오래전, 동생이 나에게 한 명언이 생각났다. 고3 때였다. 수능만 끝나면 미친 듯이 놀 거라고 입버릇처럼 말했더니 동생은 소파에 뻐딱하게 누워서 날 쳐다보지도 않고 말했다. "누나야. 못 놀아본 인간들은 시간 줘도 못 논다." 동생이 정확히 나를 간파한 말이었다. 동생의 말처럼 나는 수능이 끝난 다음 날, 친구와 햄버거를 사먹고 영화를 한 편 보고 집에 돌아와 이제부터는 뭘 해야 하나 고민했다. 할 일이 없어 난감했다. 그 후로 7년이 흘렀는데도 나라는 인간은 그대로였다. 뭘 해야 할지 몰라서 퇴근 후엔 옛날 회사에 놀러갔다. 불행인지 다행인지, 새 회사의 옆옆옆옆옆 건물이 옛날 회사였다. 몇 번 놀러가다가 그 짓도 그만뒀다. 그만둘 수밖에 없었다. 한두 번이야 반갑겠지만, 나의 존재는 명백히 민폐였으니까. 거긴 아직도 48시간을 주기로 살아가는 사람들이 가득했으니까.

죽이 되든 밥이 되든 새 회사에 적응해야 했다. 가만히 사람들을 관찰했다. 신기했다. 일이 없어서 여섯 시에 퇴근하는 게 아니었다. 일이 많았는데, 여섯 시면 퇴근했다. 팀장님부터 인턴사원까지. 이상했다. 분명 오늘 하루 일정은 회의로 꽉 차 있었다. 그렇다면 내일 회의에 가져갈 아이디어를 내기 위해 야근을 해야 하는 게 아닌가? 그게 광고회사 아닌가? 하지만 이 팀 사람들은 여섯 시가 되면 셔터를 내렸다. 신기한 일은 그다음이었다. 야근을 밥 먹도록 하는 광고회사에서 한 팀이 그렇게 패턴을 고집하니 덩달아 우리와 일하는 기획팀도, PD팀도, 감독님도 그 패턴에 맞췄다. 아침 일찍 회의를 하고, 여섯 시 전에 일을 마치기 위해 다들 정신없이 내달렸다. 이의를 제기하는 사람은 없었다. 그 안에서 일을 하며 자연스럽게 깨달았다. 광고는 두 번째였다. 잘 사는 게 먼저였다.

3

팀이 바뀌었다. 팀장님도 바뀌었고, 선배도 바뀌었다. 새롭게 만난 팀장님은 여섯 시 퇴근을 모르는 분이었다. 심지어 나는 신입사원 때 여섯 시에 퇴근하다가, 옆팀 팀장님이던 그분에게 불려가 혼난 적도 있었다. 왜 여섯 시에 퇴근하냐고. 근데 그 분이 나의 새로운 팀장님이라니! 거기다 새로운 선배는 광고에 대한 열정으로 스스로를 소진하는 스타일이었다. 나는 새 팀에 대한 두려움으로 기진맥진해버렸다. 어쩔 수가 없었다. 새 팀의 스타일에 적절히 맞추면서 동시에 내 스타일을 조금씩 들이밀 수밖에. "저는 먼저 들어가도 될까요?" "내일까지 이거 해오면 되죠?" "팀장님, 저는 오늘 저녁에 일이 있어서…" 그렇게 점점 나는 새 팀에 적응했고, 팀도 나에게 적응했다.

그러던 어느 날 광고에 열정적인 그 선배가 술을 마시자고 했다. 술자리에서 내내 광고 이야기만 하게 되는 건가 싶었는데, 역시나 또 광고 이야기였다. 그러다가 그 선배가 나에게 물었다.

"너한테는 광고가 뭐야?"

뭐지, 이런 돌직구는. 하지만 선배가 물으니 곰곰이 생각했다. 광고는 재미있었다. 이 일을 해서 정말 다행이다 싶었던 순간이 많았다. 잘 맞았고, 잘하고 싶었고, 잘하면 신났다. 하지만 48시간을 꼬박 새면서 하고 싶지는 않았다. 그 어떤 일도 그래서는 안 된다, 라는 생각이 먼저 들었다. 나는 잘 살고 싶었다. 이 일을 통해. 그래서 대답했다.

"광고가 제 인생에 훌륭한 수단이 되었으면 좋겠어요."

'수단'이라는 말 앞에 선배의 표정이 일그러지면 어쩌나 걱정했지만, 그런 일은 없었다. 다만 그 말을 입 밖으로 내뱉고 나니, 내 생각은 더 명확해졌다. 누군가에겐 일이 인생의 목적일지 모르겠지만, 나에게 일은 내가 살고 싶은 삶을 살 수 있도록 도와주는 수단이 되었으면 했다. 그것이 단순히 돈을 의미하는 것은 아니었다. 그러니 이것을 훌륭한 수단으로 만드는 건 오롯이 나의 몫이었다.

4

팀장이 되었다. 팀장마다 돌아가면서 사보에 글을 한 편

씩 쓴다는데, 마침 내 차례가 돌아왔다. 뭘 써야 하나 고민
하다가 오래전 내가 했던 말을 떠올렸다. 회사 사람들에게
하는 말이기도 했지만, 무엇보다 팀장이 된 나에게 하고 싶
은 말이었다. 잊지 말라고. 팀장이 되었다고 달라지지 말라
고. 꾹꾹 눌러서 썼다.

"광고는 두 번째."
당돌한 신입사원의 말.
직장 상사들이 다 앉아 있는 술자리에서
호기롭게 내뱉은 한마디.
"광고는 두 번째."

힘이 센 광고를
고집스레 두 번째 자리에 앉히고
연약한 저녁 식사를 첫 번째로,
사소한 여행을 첫 번째로,
가족과의 약속을 첫 번째로.
연약하지만 중요한
사소하지만 소중한
그 모든 것들을 위해

첫 번째 자리를 비워두겠다는 다짐.

광고는 힘이 세니까.
잠깐만 한눈을 팔아도
급한 일이라는 탈을 쓰고,
경쟁 피티라는 옷을 입고,
금세 내 일상의 첫 번째 자리를
천연덕스럽게 차지해버리곤 했으니까.
잘 살기 위해 시작한 광고라는 일이
나를 잘 못 살게 한다면
그거야말로 큰일이었으니까.

13년 전 그 신입사원이
이제는 CD가 되어
사보에 써 내려가는 그때 그 다짐.
"광고는 두 번째."

결국 잘 살기 위해
우리는 광고를 만드니까.
기어이 잘 살아야

우리는 좋은 광고를 만들 수 있으니까.

이 글을 꼭 '광고'로 읽지 않아도 좋을 것 같다. '광고' 자리에 어떤 '일'이 들어와도 내 생각은 변함이 없다. 일은 힘이 세다. 허겁지겁 살다 보면 어느새 일은 내 일상에서 가장 중요한 자리를 차지하고 앉아서 얄미운 미소를 날린다. "이거 급한데, 오늘 일찍 가야 해?" "이번 건 정말 중요한데, 휴가 좀 미룰 수 없어?" 수시로 날아오는 말들. 거기에 일을 잘하고 싶다는 욕심과 이번엔 잘해내야만 한다는 압박감까지. 그 앞에서 번번이 내 사생활을 주장하는 건 거의 불가능에 가깝다. 그렇기에 더 자주 스스로에게 말해준다. 광고는 두 번째라고. 물론 이건 어디까지나 나의 가치관일 뿐이다. 나에겐 일하는 나도 중요하지만 그 밖의 모든 나도 절박하니까.

5

최근 프랑스 시골의 한 빵집이 벌금을 물어야 하는 상황에 처했다는 기사를 읽었다. 남들이 다 쉬는 휴일에도 쉬지 않고 문을 열었다는 것이 벌금의 이유였다. 휴일에도 쉬지 않고 일을 하다니! 그것은 불법이다! 프랑스 노동청은 강경했다. 24시간 편의점이 골목마다 빼곡히 들어서 있고, 24시간 여는 식당도 가게도 어렵지 않게 찾을 수 있는 한국에서 그 기사를 읽고 있으니 생경했다. 부러움이 앞서는 것도 사실이었다. 친구가 만났다는 스페인 소방관 이야기가 생각났다. 24시간을 꼬박 일하고 나면 3일을 쉰다고 그랬다던가. 그래서 근무 일자를 바꿔서 10일짜리 휴가를 만드는 건 별로 어려운 일도 아니라고 말했다던가.

하지만 여기는 스페인이 아니고, 일한다고 벌금을 매기는 프랑스는 더욱 아니니, 결국 이 땅에서 답을 찾아야 한다. 내 삶을 가능하게 해주는 일과 내 삶의 밸런스를 찾지 않으면 안 되는 것이다. 4배속으로 일을 하든, 아침 일곱 시에 나와서 카피를 쓰든, 각자가 각자의 방법으로 일을 훌륭하게 해내면 되는 것이다. 그 나머지 시간은 누구의 눈치도 볼 필요 없이, 각자의 것이다. 물론 장애물은 많다. 꼰대 팀장이, 집요한 일이, 무능한 동료가 곳곳에 어찌나 많은지. 그러니 혹독한 다짐을 해야 한다. 내 시간은 내가 지키겠다는 다짐. 내 휴가는 내가 챙기겠다는 다짐. 나 말고는 그 시간, 아무도 지켜줄 수 없으니까. 기어이 내가 지켜야 한다.

6

광고회사를 다니시잖아요? 야근 완전 많이 하지 않으세요? 그런데 언제 글을 쓰세요? 언제 또 책으로 엮어서 내신 거예요? 힘들지 않으세요? 여행을 가는 게 가능해요? 책 보니까 여행도 길게 가시는 거 같던데. 그게 돼요? 도예를 하신다고요? 그건 또 언제요? 진짜 부지런하신가 보다. 광고회사 다니신다면서요?

최근 몇 년간 내가 빠지지 않고 받은 질문들이다. 그 질문에 대해 답을 하려다 보니 글이 너무 길어져버렸다. 회사 일을 내 인생의 훌륭한 수단으로 만들기 위한 노력은 지금도 계속되고 있다. 좋아하는 일이고, 잘하고 싶은 일이니까. 기어코 잘해내고 싶은 일이니까. 동시에 내 삶을 나의 것으로 만들기 위한 노력 역시 현재진행형이다. 쉽지는 않지만, 계속해볼 수밖에 없다. 인생이 계속되고 있으니까.

마음 한 톨도
아까우니까

유난히 말이 없고, 유난히 숫기가 없던 친구가, 그러니까 꼼짝없이 나랑 같이 솔로로 오래 지내겠구나 싶었던 친구가, 배신자로 돌아섰다. 연애를 시작한 것이다. 대학교 때의 일이었다.

"나 남자친구 생겼어."

"어? 뭐? 뭐라고? 너? 너한테 남자친구 생겼다고? 그게 무슨 말이야?"

"언제 같이 만나자. 소개해줄게."

"야, 네가 연애를 한다고? 그게 말이 돼?"

"크크크. 나도 이상해. 내가 연애라니."

친구의 말이 거짓말이 아니라는 게 판명 나기까지는 오래 걸리지 않았다. 친구가 남자친구의 팔짱을 끼고 내 앞에 나타났으니까. 내 친구가 연애라니! 게다가 남자는 직장인이었다. 당시 대학생인 나에게 직장인은 완전히 다른 레벨의 사람으로 보였다. 돈을 벌다니. 양복을 입다니. 우와 이 사람은 정말 어른이네. 속으로는 연신 우와, 우와를 외치며 친구 남자친구에게 밥을 얻어먹고, 커피를 얻어먹고, 수다를 떨었다. 이야기는 자연스럽게 회사 이야기로 옮겨갔다. 이런저런 이야기를 하다가 나는 문득 요즘의 내 고민거리가 떠올라서 이렇게 물었다.

"근데, 회사에 다니면 이상한 사람 엄청 많지 않아요?"

"어휴, 별별 사람이 다 있어요. 정말. 이 작은 회사에도."

"그럼 너무너무 싫은 사람이 있으면 어떻게 해요?"

"음… 그냥 무시해요. 싫어하는 사람에게까지 줄 마음이 어디 있어요."

오랜 내 고민이 순식간에 싹뚝 잘려나가는 순간이었다. 친구가 좋은 사람을 만났구나, 싶은 확신까지 들었다. 내 확신과 달리 얼마 안 가 그 둘은 헤어졌지만. 어쨌거나.

유난히 좋아하는 사람과 싫어하는 사람의 구분이 명확한

나였다. 그리고 유난히 좋아하는 사람의 범주가 좁은 나였다. 그리하여 유치원 때 친구 딱 한 명. 초등학교 때 친구도 딱 한 명. 중학교 때도, 고등학교 때에도 그리고 대학생이 되어서도 사정은 딱히 나아지지 않았다. 심지어 대학교 3학년 때에는 일주일 전에 편입한 사람이 내게 와서 과 사람들을 소개해주겠다고 말할 정도였으니까. 겉으로 거의 내색은 하지 않았지만, 대인기피가 심했다.

그런 내게 회사란 곳은 생각만으로도 공포였다. 함께 지내고 싶은 사람을 내가 선택할 수 없다는 것. 내가 원하지도 않는 사람들과 아침 아홉 시부터 여섯 시까지 지내야 한다는 것. 그 사람과 일을 하고 회의를 하고 출장을 가야 한다는 것. 최악의 경우에는 싫어하는 그 사람 앞에서 웃어야만 한다는 것. 잘 보이지 않으면 내 회사 생활이 무사할 수 없기에 다른 선택이 없다는 것. 사람 취향이 좁고 편협한 나로서는 회사라는 공간은 상상만으로도 공포 그 자체였다. 그런 내게, 생각지도 못한 사람이, 생각지도 못한 답을 준 것이다. 싫어하는 사람에게 줄 마음이 없다니. '너 싫어'라는 생각 한 톨도 너에게 주기엔 아깝다니. 생각해보면 당연했다. 좋아하는 사람에게 마음을 주기에도 바빠 죽겠구먼, 10원을 주기도 아까운 사람에게 내 마음을 주다니. 있을 수 없는 일이었다.

 하지만 사람 사는 일이 그토록 단순할 리가 없었다. 과연 회사에 들어왔더니 싫은 사람은 장마 속 우산처럼 찾기 쉬웠다. 아랫사람들에게는 있는 대로 히스테리를 부리면서, 윗사람에게는 온순한 양이 되는 사람. 좋은 결과는 온 힘을 다해 자기의 공으로 돌리는 사람. 작은 일에도 생색을 내지 않으면 두드러기가 나는 건지 대화의 절반 이상을 생색으로 채우는 사람. 남 욕을 끝없이 하는 사람. 자잘한 실수를 끝없이 하는 사람. 큰 실수를 아무렇지도 않게 해버리는 사람. 무례한 사람. 어린 사람들에게는 더 무례한 사람. 이상한 포인트에서 화를 내버리는 사람. 일을 못해서 답답한 사람. 일을 못하면서 고집은 세서 더 답답한 사람. 아마도 당신 주변에도 무수히 많을 바로 그 사람, 사람, 사람. 싫은 사람을 찾자면 밑도 끝도 없었다.

 더 절망적인 것은 그런 사람들이 점점 더 윗자리로 올라갈 때였다. 저 사람의 무능함이, 무례함이, 무신경함이, 다른 사람들 눈에는 안 보이는 것인가? 우리, 아랫사람들 눈에는 이렇게 잘 보이는데. 아니고서는 어떻게 저런 사람이 저 자리에 올라갈 수 있는 거지? 저런 사람들은 자꾸 올라가는데, 우리 눈에 괜찮아 보이는 사람들은 왜 꼭 중간에 그만두는 걸까? 결국 저런 사람이라서 끝까지 버틸 수 있는 건가? 그럼 나는 어디까지 버텨야 하는 걸까?

어느 날은 집에 와서 발을 동동 구르면서 엉엉 울었다. 자주 그렇게 울었다. 그 이상한 사람이 바로 내 윗사람이라서. 그 사람과 눈을 마주치기도 힘든데, 그래서 나는 요즘 점심도 혼자 먹는데, 그럼에도 불구하고 목구멍 끝까지 답답한 느낌은 사라지지 않았다. 눈도 못 마주치는데 말은 또 어떻게 하며, 일은 또 어떻게 한단 말인가. 답은 하나였다. 그만두는 거. 안 그만두고 싶었는데, 일은 재미있었는데, 방법이 없었다. 매일 이렇게 울며, 매일 아침마다 소리를 지르며 살수는 없었다. 그렇게 몇 개월을 버티던 어느 날 문득, 오래전친구의 남자친구가 한 말이 생각났다.

싫은 그 사람에게 줄 내 마음은 없었다. 한 톨도 아까웠다. 그런 사람 때문에 내 소중한 직장을 버릴 수는 없었다. 싫은 그 사람이 내 인생을 다른 길로 내쫓게 놔둘 수는 없었다. 네가 뭔데 내 인생을. 네가 감히 어떻게 내 인생을. 그래서 버티기로 했다. 오기로. 끈기로. 아니, 모든 수단과 방법을 가리지 않고, 끈질기게, 끝까지. 어쨌거나 너보다는 오래. 그게 내가 선택한 방법이었다. 그게 내가 찾은, 나를 지키는 방법이었다.

싫어하는 사람에 마음 쏟지 말기. 싫어하는 것에 애쓰지 말기. 그것을 싫어하느라 에너지를 낭비하지 말기. 물론 이게 말처럼 쉽다면 얼마나 좋겠는가. 하지만 어렵다고 포기해버리기엔 내가 너무 아깝다. 술 마실 때에도, 아무것도 안 하고 누워 있을 때에도, 멍하니 있을 때에도 아깝지 않은 내 인생이지만, 싫어하는 감정에 내 인생을 낭비하는 것만은 참으로 아깝다. 물론 그 사실을 나도 자꾸 까먹고 자꾸 분개하고, 자꾸 화를 내고, 자꾸 발을 동동 구른다. 그때마다 스스로에게 말해준다. 자꾸자꾸 말해준다. '저 사람에겐 마음 한 톨도 아깝다'고.

구례의
록 스피릿

휴가를 내겠다 말했다. 당연한 질문이 뒤따랐다.

"어디 가려고?"

"구례요."

"웬 구례?"

"록 페스티벌이 열린대요."

"구례에서?"

"네."

"판소리 페스티벌이 아니고?"

다들 한목소리로 말했다. 구례에 웬 록 페스티벌? 정확히
내 마음도 그렇게 말했다. 구례에 웬 록 페스티벌? 다른 곳

도 아니고 구례에. 지리산 폭포수 아래에서 득음을 한 명창들이 모여 판소리 페스티벌을 한다면 딱 어울릴 것 같은 구례에. 득음한 로커들이라도 모이는 걸까. 어쨌거나 이름을 듣는 것만으로도 이미 이렇게나 즐거운데, 실제로 가게 되면 또 얼마나 흥겨울까. 궁금하면 직접 가보는 수밖에 없었다.

록 페스티벌이 열리기 하루 전, 구례에 도착했다. 일주일에 딱 하루, 금요일에만 연다는 식당에서 순대국밥을 먹었다. 식당 이름은 분명 '한우'였는데, 메뉴엔 '순대'만 있었다. 신기한 식당이었다.

택시를 타고 사성암에 가자 말했다. 유독 많은 친구들이 추천한 곳이었다. 택시 기사님은 아예 주차를 하고 우리를 따라 사성암에 올랐다. 거기서 그치지 않고 비경을 찍겠다며, 자꾸 내 카메라를 빌려갔다. 그리고 정체불명의 사진들을 가득 담아주었다. 바위 모서리, 바위 사이 하늘, 길쭉한 바위틈에 끼여서 어색한 포즈로 서 있는 나, 역광으로 하나도 안 나온 우리 부부 얼굴까지. 아저씨는 예술을 했다. 내 카메라로. 신기한 택시 기사님이었다.

신기한 카페도 있었고, 신기한 손님들도 있었고, 신기한 외국인도 있었지만 신기한 구례에 대한 이야기는 여기서 그만두도록 하자. 이번 여행의 목적지는 구례 록 페스티벌이기 때문이다. 어쨌거나 우리는 페스티벌에 늦지 않도록 서둘러 구례 버스 터미널에 도착했다. 행사장까지 가는 버스 티켓을 구매하면서 창구 직원에게 물었다. "어디서 내리면 돼요?" 직원은 귀찮아하며 대답했다. "기사님에게 물어보세요." 그때 내 뒤에 서 있던 아주머니가 내 어깨를 톡톡 치며 말했다. "저도 록 페스티벌 가요. 저 내리는 곳에서 내리시면 돼요."

구례에 사는 분이었다. 역시 나는 여행 운이 좋아, 라고 생각하며 얼른 화장실부터 다녀왔다. 쭉 늘어선 버스들 중에서 어느 버스를 타야 하나 둘러보고 있는데, 작은 버스 창을 열고 아주머니가 나를 불렀다. "이 버스 타시면 돼요." 마치 친한 친구를 만난 것처럼 나와 남편은 그 버스를 향해 뛰었다. 서둘러 버스에 올라 아주머니 옆자리에 앉았다. 아주머니는 중학생 딸과 함께였다. 갑자기 든든한 동행이 생겼다. 자리에 앉자마자 지리적 감각이 0을 향해 수렴하는 남편이 내게 물었다.

"얼마나 가야 해?"

"얼마 안 걸릴 거야. 여기서 쭉 직진하면 행사장이거든."

느긋하게 앉아서 창밖 풍경을 봤다. 버스가 우회전을 하고, 좌회전을 하고, 그러니까 방향을 틀 때마다 다른 풍경이 보였다. 으응? 이건 뭐다? 분명 지도에서는 직진 코스였는데? 다른 길은 없었는데? 마음속에 자라나는 불안감은 지리산의 호방함으로 애써 죽였다. '뭐, 그럴 수도 있지! 버스는 택시가 아니니까!' 본격적으로 이건 아니다 싶은 생각이 든건 버스를 탄 지 30분도 더 지났을 때였다. 버스는 이제 본격적으로 산길을 오르기 시작했다.

"원래 이렇게 산을 넘는 거야?"

"아니, 그럴 리가 없는데. 뭔가 잘못된 것 같아."

그러고 보니 50분에 출발한다던 버스가 45분에 출발한 것부터 이상했다. 차 안에 우리 빼고는 다들 연세가 지긋한 것도 이상했다. 아주머니의 눈빛도 거세게 흔들리고 있었다. 아주머니의 거친 생각과 불안한 눈빛과 그걸 지켜보는 나. 계속 지켜보고 있을 수는 없었다. 나는 아주머니에게 말했다.

"저기… 기사님에게 물어봐야 하는 게 아닐까요?"

"…아무래도 그렇겠죠?"

아주머니는 그러고서도 한참을 망설였다. 나의 끈질긴 눈빛에 마침내 아주머니는 자리에서 일어나 기사 아저씨에게로 갔다.

"기사님, 이거 이사로 가는 버스 아니에요?"

"이사로 가는데 왜 이 버스를 탔어요. 이건 그리로 안 가요. 에헤이. 큰일이네."

아저씨의 설명에 따르면 우린 완전 잘못 탄 거였고, 완전 큰일 난 거였고, 첫 공연은 이미 물 건너간 거였고, 그래도 우선은 여기서 내려야 하는 거였고, 여기서 내린다고 택시가 있다는 보장은 없는 거였고, 당연히 읍내에서 여기까지 택시를 불러야 하고, 택시를 타고 록 페스티벌에 가야만 하는 거였다. 우선은 버스에서 내렸다. 아주머니는 연신 나에게 미안하다 말하고, 나는 연신 괜찮다고 말하면서도 실은 괜찮지 않았다. 아주머니 이젠 어떻게 해야 하는 건가요. 우리 록 페스티벌에 갈 수는 있는 걸까요. 저희는 이거 보러 서울에서 왔어요. 아니, 아주머니에게 뭐라고 말하는 건 아니에요. 그냥 그렇다고요.

괜찮다고 말하면서도 마음속으로는 발을 동동 구르고 있었는데, 아주머니가 갑자기 어딘가를 향해 발걸음을 재촉하기 시작했다. '어디를 가시는 거지?'라고 궁금해하려는 찰나, 아주머니가 말했다.

"경찰한테 태워달라고 말해볼게요."

그 말을 듣는 순간 나도, 남편도, 아주머니의 딸까지도, 모두 멈칫했다. 아주머니가 이젠 경찰서에 들어가겠다고 말하니까. 무슨 잘못도 안 했는데. 제 발로. 아무 잘못도 안 했으니까 경찰이 태워줄 리도 없는데.

남편과 나는 밖에 서 있었다. 이젠 될 대로 돼라, 라는 심정이었다. 그리고 보니 동네 어귀에 있는 백반집도 괜찮아 보였다. 여기가 어딘지도 몰랐지만 그냥 여기서 밤늦도록 술이나 마실까 싶었다. 록은 원래 저항하는 거니까. 록 페스티벌에 가기 위해 경찰 권력에 고개를 숙이는 건 뭔가 록의 정신에 위배되는 것 같으니까. 진짜 가지 말까, 진지하게 논의하고 있는데 경찰서 문이 열렸다. 아주머니가 나왔다. 경찰 아저씨와 함께.

"아이고, 일행이 더 계셨네."

경찰 아저씨는 아무렇지도 않게 우리 넷을 태웠다. 남편은 앞에 타고, 여자 셋은 뒤에 탔다. 방금 전까지의 반항심은 온데간데없어지고 갑자기 마음이 두근거렸다. 으아! 경찰차를 다 타보다니! 쇠창살이 있는 차를 다 타보다니! 진행요원들의 경례를 받으며 행사장 입구까지 올라가다니! 수능시험에 늦은 것도 아닌데! 나쁜 짓을 한 것도 아닌데! 게다가 편하게 공연장 입구까지 도착해서 경찰 아저씨의 한마디를 듣는 순간, 나는 방금 전의 록 스피릿을 다 잊어버리고 그만 권력에 고개를 숙이고 말았다. 경찰차를 좋아해버리기 시작한 것이다.

"뒷자리 분들은 제가 문을 열어드려야 내리실 수 있어요."

하아. 그런 거였다. 범인이 차 문을 열고 도망갈 수도 있는 거니까. 경찰차 뒷자리엔 손잡이가 없다. 경찰 아저씨가 친절하게 열어주지 않으면 내릴 수 없는 거였다. 내가 언제 이런 경험을 해보겠는가? 친절한 그 아주머니가 아니었다면, 친절한 경찰 아저씨가 아니었다면 불가능한 경험이었다. 게다가 그 아주머니는 너무 미안하다며 구례군민에게만 지급되는 무료 맥주 쿠폰도 우리에게 내밀었다. 아, 구례는 그런 곳이었다. 누군가는 벚꽃과 화개장터로 구례를 기억하겠지만, 나는 영원히 그곳을 따뜻한 록 스피릿의 도시로 기억할 것 같다.

비관론자
납치사건

집 앞 슈퍼가 문을 닫았다. 그 자리엔 편의점이 들어선다고 했다. 예상했던 수순이다. 내가 사는 동네는 망원동. 동네를 탐험하는 외부인들이 점점 늘어나는 동네다. 문 닫는 세탁소가 생겼고, 길게 줄을 늘어선 디저트 가게가 생겼다. 평범한 밥집 대신 특이한 카페들이 구석구석 문을 열기 시작했다. 어느 순간에는 새로운 가게가 생기는 속도 따라잡기를 포기할 수밖에 없었다. 돌아서면 새로운 가게로 바뀌어 있었으니까. 그러니 집 앞의 평범하기 이를 데 없는 슈퍼 하나가 문을 닫는 일 정도는 망원동에서 뉴스도 아닌 것이다.

하지만 예상가능했다고 해서 어떤 충격도 없는 것은 아니다. 특히나 나에겐, 우리 부부에겐. 이건 망원동의 핵심에 진도 6.5 이상의 지진이 일어난 것과 비슷한 느낌이다. 기우 뚱. 어어어어어. 콰광. 어디로 대피해야 하는 거지? 근데 재난 문자는 왜 안 오는 거지?

한 달 전만해도 상상조차 할 수 없는 일이었다. 그러니까 지진이 한반도를 강타하기 전, 폭염이 몇 달 동안 우리 일상을 녹여버렸던 때의 일이다. 집에서 가스레인지 불을 켜는 건 상상조차 할 수 없었다. 퇴근길에 남편을 만나 치맥을 먹었다. 언제나 맥주는 모자라니까, 슈퍼에 들렀다. 맥주 몇 병 더 사서 집에 들어가려고.

맥주를 계산하다 말고, 슈퍼 아저씨는 특유의 무심한 말투로 물었다. "닭발 좋아해요?" 한 번도 닭발을 먹어본 적이 없어서, 좋아한다 싫어한다 어느 쪽의 대답을 해야 하나 망설이고 있으니까 아저씨가 한마디 더했다. "내가 아까 닭발을 볶았는데 맛있게 잘됐어. 소주랑 같이 마셔요." 이래도 되나 망설이며 난감한 얼굴로 남편을 바라보는데, 아저씨는 벌써 채소 냉장고 앞에 작은 의자를 깔고 있었다.

엉거주춤 목욕탕 의자보다 낮은 그 의자에, 원래는 컴퓨터 책상이었음에 분명한 정체불명의 테이블 앞에, 당면 진열

대 옆에, 그러니까 슈퍼 구석에, 왼손에는 일회용 플라스틱
컵을 들고, 오른손에는 나무젓가락을 들고, 동네 아주머니
까지 다 함께 모여 앉았다. 아저씨는 소주를 일회용 플라스
틱 컵에 꽐꽐 부었다. 그 컵에 아이스 아메리카노 대신 소주
를 부을 수 있다는 건 그때 처음 알았다. 아무리 소주를 들
이부어도 그 컵은 넘치지 않는다는 것도 그때 처음 알았다.
갑자기 멋모르는 30대에서 세상 이치를 다 통달한 50대로
건너뛴 느낌이었다. 닭발을 질겅질겅, 소주를 꼴깍꼴깍.

　냉장고 바로 옆에 앉은 나에겐 중대한 임무가 주어졌다.
바로 오이를 꺼내 아저씨에게 전달하는 일. 아저씨가 "거기
서 오이 좀 꺼내 줘봐"라고 말하면 나는 가격표가 버젓이 붙
어 있는 오이를 꺼내서 아저씨에게 건넸다. 아저씨는 능숙하
게 랩을 벗기고, 오이를 씻고, 착착 썰어서 우리 앞에 놔주었
다. 늦은 밤, 손님은 드물었고, 오이는 금세 바닥났다. 그때
마다 아저씨는 오이를 또 꺼내라고 했다. 쏴쏴 씻고, 착착 썰
었다.

　나는 상상해본 적도 없는 이 초대에 가슴이 부풀어 올랐
다. 뭔가, 동네 유지가 된 것 같은 기분이었다. 이렇게 젊은
사람들은 이 슈퍼 구석탱이 술집에 초대받은 적이 없다는 동
네 아주머니의 증언까지 더해지자, 나의 자부심은 하늘을 찔

렀다. 그 자부심에 취기가 더해지고, 더위까지 더해져서 나는 자꾸 손으로 부채질을 했다. 그 모습을 보더니 슈퍼 아저씨는 또 무심하게 말했다. "더우면 그 옆에 냉장고 문 열어요." 아저씨, 장사는 어쩌려고요. 이 삼복더위에 채소가 시들면 어쩌려고요. 우물쭈물하고 있으니까, 동네 아주머니가 나 대신 냉장고 문을 활짝 열어젖혔다.

"열어라 그럴 때 열어야 해. 저 짠돌이가 언제 맘 바뀔지 모른다니까."

그 밤, 술은 잘 들어갔다. 우리는 7년 단골이었던 그 슈퍼 아저씨의 과거를 처음으로 들었고, 그날 아침 유독 싸가지 없던 한 손님의 이야기를 들었고, 같이 욕했다. 물론 아저씨는 더 크게 욕했다. 나는 더울 때마다 손을 뻗어 냉장고 속에 넣었다. 금방 서늘해진 손으로 또 금방 미지근해진 소주를 마셨다. 슈퍼에 술은 많았다. 당연하게도. 술이 들어가는 만큼 그 슈퍼에 대한 사랑이, 이 동네에 대한 사랑이 깊어졌다. 그런데 그 일이 있고 며칠이 지나지 않아 우리는 아저씨가 슈퍼를 정리하고 있다는 소식을 들었던 것이었다. 망원동에 대한 나의 자부심, 그 핵심이 사라진다니. 지진 같은 소식이었다.

월요일마다 오는 타코야키 트럭 아저씨의 결혼 준비 소식을 들으며 타코야키를 양껏 포장했다. 그리고 마지막으로 슈퍼에 들렀다. 아저씨는 마지막으로 우리 집에 맥주를 배달해주었다. 우리 집 베란다에 수많은 맥주 박스들이 착착 쌓였다. 아저씨는 창밖을 내다보며 무심하게 툭 물었다. "순대 국밥 좋아해요?" 멀리 식당을 열 생각인데 꼭 놀러오라고 말씀했다. 그리고 정말로 마지막으로, 우리 집을 떠났다. 망원동이 순식간에 텅 빈 느낌이었다.

이제 우리 집엔 누가 맥주를 배달해주는 걸까. 이제 누가 나에게 유통기한이 얼마 남지 않은 거라며 공짜로 우유를 챙겨주는 걸까. 이제 누가 김장김치 맛 좀 보라며 슬쩍 디밀어주는 걸까. 이제 누가 대책 없이 비싼 설탕을 사려는 나를 말려주는 걸까. 마음은 끝을 모르고 계속해서 우울을 과장했다. 나는 순식간에 비관론자가 되어버렸다.

망원동 비관론자 나가신다, 길을 비켜라. 우울한 기운을 잔뜩 내뿜으며 터덜터덜 출근을 하던 아침이었다. 내 앞으로 차 한 대가 지나갔다. 트렁크 틈 사이로 커다란 나뭇가지 하나가 삐죽 튀어나와 있었다. 심지어 거미줄까지 생생한 나뭇가지였다. 처음엔 칠칠치 못한 운전자라 생각했다. 그다음엔 무시무시한 상상이 이어졌다. 거미줄이 칠 정도로 운행을 안한 자동차라면 무슨 사연이 있는 게 아닐까? 혹시 저 트렁크 안에? 혹시 저 차 안에? 비관론자답게 별의별 비극을 다 상상하며 걸어가는데, 그 차가 섰다. 그러더니 운전하던 아주머니가 창문을 내리고 나를 불렀다. 좁은 골목길이라 모른 척하고 지나갈 수도 없고, 대답을 하자니 뭔가 찜찜하고, 어째야 할지 모르는데, 그 아주머니는 나를 다시 불렀다.

"차 타요."

"네?"

"지하철 타러 가는 길이죠?"

"…네."

"지하철 역까지 데려다줄게요."

"네?"

"어차피 가는 길이에요. 얼른 타요."

아, 어쩐다. 공포영화에서는 꼭 이럴 때 뭔 사달이 나던데. 나는 슈퍼 구석 목욕탕 의자에 앉았던 것처럼 다시 엉거주춤 차 뒤에 탔다. 어찌할 바를 몰라 등도 붙이지 못한 채로 앉아 있는 나에게 아주머니는 한없이 온화한 표정으로 말씀했다.

"우리 딸이 이 길을 그렇게나 지루해하더라고. 차로 가면 이렇게 금방인데."

아주머니는 한 치의 오차도 없이, 조금의 망설임도 없이, 나를 지하철 역 앞에 배달해놓고 사라졌다. 마치 비가 억수같이 오던 날 슈퍼 아저씨가 나를 집 앞에 배달해놓고 갔던 것처럼. 마지막으로 맥주 박스들을 우리 집에 배달해주고, 한 번 돌아보지도 않고 떠났던 것처럼. 그리고 정말로 고맙게도 아주머니는 내 마음속 비관론자까지 납치해서 떠났다. 웃음이 삐질삐질 흘러나왔다.

자, 다시, 우리 동네, 좀 좋아해볼까?

이상한
셈법

 남편과 나는 우리의 본분을 결코 잊지 않는다. 누가 뭐래도 우리는 자랑스러운 망원호프 주인장. 한국에서 온 냉정하고 철두철미한 술꾼들. 그 본분을 이탈리아에 갔다고 잊을 수 있겠는가? 그리하여 우리는 이탈리아에서 술 한 병을 시킬 때마다 철저하게 계산했다.

 "이건 얼마야? 15유로? 그럼 2만 원쯤 하는 거네? 이게 한국에 들어오면 도대체 얼마야? 5만 원? 우와. 그럼 우리가 이거 한 병을 마시면 도대체 얼마를 버는 거야? 3만 원? 대박."

 술을 한 병 마실 때마다 돈을 벌다니! 술을 이만큼 마신 거면 우리는 도대체 얼마를 번 거야! 계산은 치밀했고, 빈틈 없었다. 말했다시피 우리는 망원호프 주인장이니까. 망원호프의 무궁한 발전을 위해 우리는 술 한 방울도 남기지 않았고, 우리만의 치밀한 계산도 절대 빠뜨리지 않았다.

알고 있다. 술을 안 먹는 사람에겐 이것이 얼마나 황당한 계산법인지. 도대체 무슨 헛소리를 지껄이는 거야, 라는 생각밖에 들지 않을 것이다. 하지만 동시에 알고 있다. 술을 좋아하는 내 친구들 사이에서는 이것이 얼마나 합리적이며, 우아하고, 아름다운 계산법인지. 얼마나 여행을 풍요롭고 부유하게 만들어주는 계산법인지. 어쨌거나 세상엔 술꾼들에게만 통용되는 계산법이라는 것이 있고, 그건 시칠리아에서도 예외가 아니었다.

시칠리아 팔레르모에서의 마지막 날, 우리는 지난 2주 동안 시칠리아에서 먹은 음식들을 돌이켜보았다. 포크를 놓을 수 없었던 해산물 파스타, 태어나서 처음 먹어보는 식감의 황새치 구이, 시칠리아 특산물인 피스타치오를 잔뜩 넣은 아란치니, 손가락보다 더 큰 앤초비 수십 마리가 쌓여 있던 파스타, 수산물 시장 옆에서 바로 튀겨내던 오징어 튀김 등 끝도 없었다. 짧은 시간 동안 우리는 또 얼마나 거대한 음식의 역사를 쌓아올린 건지. 그중에서 힘겹게 우리의 BEST 5를 꼽아보았다. 다행히 무려 두 개가 팔레르모에서 먹은 음식이었다. 크게 고민하지 않고 그 두 군데에 다시 가기로 했다. 마지막 날이니까. 시칠리아엔 정말 언제 다시 올지 모르니까. 정말 이번이 마지막이 될지도 모르니까. 가자. 먹자. 마시자.

첫 번째 집은 곱창집. 이탈리아에서 곱창집이라니. 나도 처음 발견했을 때 내 눈을 의심했다. 심지어 온 동네에 연기가 자욱하도록 광장에서 곱창을 굽고 있었다. 배 나온 아저씨가 곱창을 구우면, 바로 옆 나무 도마에서 수염 긴 아저씨가 그 뜨거운 곱창을 잘라 플라스틱 접시에 담았다. 그 위로 시칠리아 레몬 반 통을 쭈욱 짜서 올리면 완성. 그걸 플라스틱 테이블에 앉아 있는 사람들이 환호를 하면서 받아갔다. 작고 낡은 광장에 가득 찬 플라스틱 테이블들. 거기에 다닥다닥 붙어 앉아 일회용 포크를 들고 곱창을 먹는 서양 사람들. 여기가 한국 편의점 앞인 건지, 동남아 야시장인 건지, 어쨌거나 이탈리아의 풍경은 결코 아니었다. 우리는 배가 터지기 일보직전이었지만 본능에 충실하기로 했다. 홀린 듯이 곱창을 포장했다. 밤 열두 시가 가까운 시간이었지만 빈 테이블은 없었으므로.

뜨거운 곱창 포장을 손에 들고 횡단보도 앞에 서 있다가 남편과 눈이 맞았다. 집에 도착할 때까지 기다릴 수 없었다. 우리는 재빨리 포장을 뜯고 곱창을 한 조각씩 입에 넣었다. 몇 발자국 못 걷고 우리는 또 멈춰 서서 곱창을 입에 넣었다. 도대체 몇 번을 멈춰 선 건지. 도대체 몇 번의 탄성을 내뱉은 건지. 그 밤 천국은, 명백히 우리 손에 있었다. 하지만 그 이후로 곱창집은 늘 굳게 문이 닫혀 있었다. 왜 천국으로 입장하는 문은 그토록 좁은 걸까? 그러니까 마지막 날 곱창집으로 향하면서도 우리는 반 이상은 체념한 상태였다. 아님 말고.

문이 열려 있었다. 연기가 또 자욱했다. 지나가던 사람들도 다 멈춰 세웠다. 우리도 재빨리 줄을 섰다. 곱창을 주문했다. 이번엔 잽싸게 플라스틱 테이블에 앉았다. 레몬을 쭈욱 짰다. 맥주 한 모금에 곱창 한 조각. 아니 두 조각. 아니 맥주 두 병. 곱창도 추가 주문. 너무 어이가 없는 맛이라서 우리는 눈 마주칠 때마다 웃었다. "이거 먹으러 시칠리아 다시 와야겠다"라는 어이없는 말도 주고받았다. 그렇게 먹었는데 돈은 2만 원도 안 나왔다. 계산하고 돌아서려는데 주인장 안젤로가 우리를 붙잡았다. "One moment."(잠깐만)

받을 거스름돈도 없는데 왜? 의아한 얼굴로 서 있자, 안젤로는 다시 한 번 말했다. "One moment." 그러더니 안젤로는 냉장고를 열고 맥주 한 병을 꺼냈다. 무표정한 얼굴로 맥주를 따르더니 우리에게 건넸다. "Take this."(이거 가져가.) 도대체 무슨 영문인지 몰라서, 멀뚱멀뚱 서 있으니 안젤로는 다시 한 번 말했다. "Take this. Present."(가져가. 선물이야.)

공짜로 준다니까 받긴 받았다. 뭘 받았으니까 기꺼이 고맙다는 인사도 했다. 근데 영문을 알 수 없었다. 안젤로와 이야기를 해본 것도 아니고, 오늘이 우리의 시칠리아 여행 마지막 날이라고 말한 것도 아니고, 여기에 두 번째 온 거라고 굳이 말하지도 않았다. 그러니까 우리를 기억할 만한 행동 같은 걸 아예 안 했다. 그런데 안젤로는 왜 우리에게?

"뭐지? 술꾼을 알아본 건가. 우리가 그렇게 술을 많이 마시지도 않았는데? 왜지?"

하지만 더 이상 질문만 던지고 서 있을 수는 없었다. 밤은 이미 깊어가기 시작했고 우리에겐 아직 더 먹어야 할 음식이 있었기 때문이다. 맥주를 홀짝이며 길을 걸었다. 희한한 호의에 끝없이 웃으며. 걷다 보니 도착했다. 두 번째 맛집에.

두 번째 집은 젊은 분위기가 충만한 와인바였다. 사실 이곳은 전날에도 왔던 곳이었다. 저녁때 숙소에 들어와서 잠깐 쉬다가 밥은 건너뛰고 와인이나 한잔하자면서 구글 지도로 와인바를 검색했다. 제일 가까운 곳에 가기로 하고 집을 나오는데 집주인인 귀도와 마주쳤다. 와인을 마시러 갈 생각이라 그랬더니 귀도는 자기가 좋은 곳에 데려다주겠다며 우리를 차에 태웠다.

"지금 가려는 와인바, 되게 인기가 많아."

"아, 그래? 네가 좋아하는 곳이야?"

"아니, 실은 나는 술을 안 좋아해서 한 번도 안 가봤어. 근데 매일 밤마다 사람들이 완전 가게 앞까지 넘쳐나더라고. 너무 궁금했어. 너희가 가봐. 괜찮으면 말해줘."

뭐지, 귀도. 네가 가보지도 않은 곳을 우리에게 추천하는 거냐. 우리가 실험 대상인 거냐. 살짝 어이가 없었지만, 그래 뭐, 망원호프 주인장답게 호탕하게 웃어넘겼다. 그렇게 귀도가 데려다준 곳은, 방금 우리가 가려던 바로 그 와인바였다. 귀도 덕분에 결과적으로 편하게 온 셈이었다. 그의 말처럼 와인바는 진짜 서 있을 틈도 없었다. 가게 안에 들어가는 게 불가능할 정도였다. 하지만 희한하게도 앉을 틈은 있었다. 어쩜 이 나라 사람들은 이렇게나 서서 술을 마시고 수다를 떠는 건지. 덕분에 우리는 기다리지 않고 테이블에 앉았다.

와인만 홀짝홀짝 마시려니 배가 고팠다. 그래, 저녁도 안 먹었는데 안주를 하나 시키자 싶어서 메뉴판을 보다가 바깥

라우(말린 대구) 튀김을 시켰다. 정말 아무 기대도 없이. 하지만 세상에나. 튀김 한 조각을 입안에 넣는 순간, 튀김은 팝콘처럼 터지며 순식간에 사라져갔다. 주변 테이블을 둘러봤다. 아무도 이 안주를 시킨 테이블이 없었다. 모르는 사람을 붙잡고 강권하고 싶은 맛이었다. 이거 왜 안 먹어요? 이거 먹어요. 이 집은 이거예요. 그러니까 어제 그 감동을 먹기 위해 다음 날 우린 또 그곳을 찾았던 것이다.

어제 우리를 서빙했던 종업원이 단박에 우리를 알아봤다. 그래, 동양인이 흔한 곳은 아니니까. 시칠리아에서 마지막 날이라 설명을 했더니 좋은 와인을 추천해주었다. 그 와인을 시키고, 바깔라우 튀김을 시켰더니 종업원이 아는 체했다.

"어제도 이거 먹었지?"

"응. 실은 와인이 아니라 이거 먹으러 여기 또 온 거야."

종업원은 우리를 향해 함박웃음을 지었다. 마지막이니까 입안에서 축포를 터트리며 사라져가는 바깔라우 튀김에 안녕을 고하며 와인을 마셨다. 천천히 음미하며. 2주 동안의 시칠리아 여행을 음미하는 것처럼.

맛있게 잘 먹고 종업원에게 인사를 하고, 서서 술 마시는 사람들 틈에서 정신없는 주인아저씨에게 계산을 부탁했다. 계산을 마친 아저씨가 나에게 계산서를 내밀었다. 내가 손을 뻗어 받으려는 찰나, 아저씨는 다시 계산서를 빼앗아갔다. 그리고 볼펜으로 줄을 쭉 그었다. 그러더니 갑자기 5유로를 깎아서 내 손에 계산서를 다시 쥐어주었다. 이건 또 뭐지? 7천원을 깎아준 거야? 왜? 우리 주인아저씨랑은 아무 이야기도 안 했는데? 오늘 마지막 날이라는 말도, 맛있는 술과 음식을 줘서 고맙다는 말도, 아무 말도 안 했는데? 왜? 오늘따라 이 사람들이 우리에게 왜 이러는 거지?

그 밤, 우리는 집으로 걸어오며 끝없이 폭소했다. 왜? 도대체 왜! 왜 한국이나 이탈리아나 술집 주인들은 우리에게 잘해주는 거야? 왜 공짜 술을 주고, 왜 술값을 깎아주는 거야? 아무리 생각해도 이유를 알 수가 없었다. 그러다 겨우 결론을 내렸다. 전 세계 어디서나 술쟁이들은 술쟁이를 알아본다고. 그리고 우리들 사이에는 국경을 초월한 아름다운 셈법이 마법처럼 작용한다고. 술 한 방울이 우리 사이에 흘러들어와 마법을 일으키는 것처럼. 그러니 오늘 밤도 지구의 모든 술친구들을 향해, 건배.

가족의
탄생

"나중엔 철군 집 근처에 살 거야."

카피라이터 선배인 김하나 작가는 언젠가부터 종종 내게
이런 말을 했다. 우린 딱 2년을 같이 일했을 뿐인데 그 이후
로 10년 넘게 친구로 지내는 관계다. 늘 아이디어로 번뜩이
는 그녀와 그 아이디어를 착착 진행시키는 나. 카피를 잘 쓰
는 그녀와 스케줄 관리를 잘하는 나. 둘 다 카피라이터였지
만 우리는 잘하는 것이 너무나 달랐고, 그래서 언제나 호흡
이 착착 맞았다. 하지만 일을 같이 하는 것과 이웃이 되는
건 전혀 다른 문제라고 생각했다. 아니, 선배가 나에게 그 말
을 하기 전까지는 친한 누군가와 이웃이 된다는 것 자체를

상상해본 적이 없었다. 나는 좋게 말하면 내향성의 인간이고, 나쁘게 말하자면 사회성이 지극히 부족한 인간이기 때문이다. 하지만 그녀는 아랑곳하지 않고 말했다.

"나는 나중에 꼭 철군 집 근처에 살 거야."

"좋아요."

나는 늘 긍정의 답을 보였다. 어쩌면 너무 먼 미래처럼 보였기 때문에. 어쩌면 우리 둘 다 백발의 노인이 되어서야 가능할 일이라고 생각했기 때문에. 둘 다 백발이 되어 동네 어귀에 앉아 음악을 틀어놓고 나뭇가지가 흔들거리는 모습을 바라보며 책을 읽는 모습을 상상해보았다. 현실성이 있느냐 없느냐의 문제를 떠나서, 그 장면은 그럴싸했다. 캬. 직장 선후배로 만나 노년에 이르기까지 친구로 지내는 모습이라니. 상상만 해도 멋있었다. 외국 영화에서나 나올 것 같은 장면을 차례로 상상해보았다. 당연하게도, 늙은 백발 할머니 둘은 어떤 장면에 갖다 놓아도 멋있었다. 그러니 우리의 먼 미래도 참으로 멋있을 터였다.

하지만 선배는 선배였다. 후배가 막연히 상상만 하며 흐뭇해하는 동안, 선배는 먼 미래를 현재로 만들기 위해 움직이기 시작했기 때문이다. 그녀는 정말로 우리 동네에 집을 알아보기 시작했다. 부동산에 우리 아파트를 콕 집어 말하며 빈집이 나면 연락 달라고 말했다더니, 결국 그녀는 우리 아파트에 친구와 함께 이사를 왔다.

이사 오기 전부터 그녀는 계속 말했다.

"질척거리지 않는 이웃이 될 거야."

함께 이웃이 된 언니, 황선우 기자도 말했다.

"우리 둘이서 맨날 다짐하잖아. 철군에게 질척거리지 않는 이웃이 되자고."

하지만 그건 언니들의 기우였다. 언니들이 이사오자마자 곧장 질척거리는 이웃이 되고 만 건 바로 나였기 때문이다. 퇴근길에도 옆집에 들러 밥을 얻어먹고 돌아왔고, 쓰레기를 버리러 나갔다가도 옆집에 들러 술을 얻어 마시고 돌아왔다. 처음 생긴 이웃에 내가 너무 흥분해서 질척거리고 있는 게 아닐까 걱정이 깊어질 무렵, 옆집 언니들도 우리 집에 놀러 와 밤늦도록 영화를 보고 돌아갔다. 동네 맛집을 공유하고, 동네 철물점과 병원을 공유했다. 이런저런 핑계로 서로의 집을 오가는 날들이 많아졌다.

어느 날, 우리는 머리를 쓰기 시작했다. 아무리 친해도, 바로 옆에 살고 있어도, 각자의 사생활은 지켜야 했기 때문이다. 세수도 안 한 얼굴로, 잠옷 바람으로 누군가를 마주친다는 건, 그게 아무리 친한 사람이라도 꺼림칙했다. 그렇다고 나 때문에 선배가 게으름을 물리치고 잠옷을 갈아입는 것도 마음이 편치 않았다. 그리하여 우리는 아파트에서 가장 유용한 물건을 적극 활용하기로 했다. 바로 엘리베이터였다.

나눠줄 물건이 있으면 선배는 전화를 했다.

"지금 집이지? 올려 보낼게. 받아."

아! 나는 그 순간을 잊지 못한다. 엘리베이터 문이 열렸는데, 사람은 아무도 없고 형광등 조명 아래 작은 케이크 박스만 덩그러니 놓여 있던 풍경을. 마치 현대 설치미술처럼 생경했고, 한 통의 손편지처럼 따뜻했다. 나도 후다다닥 집을 둘러본 후에 나눠주고 싶은 물건들을 챙겼다. 작은 통에 내가 만든 청귤청을 담았고, 시골에서 시어머니가 볶아서 보내주신 옥수수차도 조금 덜었다. 그리고 질세라 전화했다.

"저도 지금 뭐 내려 보내요. 받으세요."

밤에도 낮에도 엘리베이터 택배는 성실히 배송 업무를 수행했다. 심지어 총알배송에 무료배송이었다. 쌈채소가 올라갔고, 새우젓이 내려갔다. 고수를 내려 보냈더니, 몇 시간 후에는 그 고수가 들어간 콩 샐러드가 우리 집 엘리베이터로 올라왔다. 푹 익은 무청김치를 나눠줬더니, 며칠 후 맛있는 김치볶음이 되어 돌아오기도 했다. 갑자기 올리브오일이 떨어졌을 때에도, 시골에서 시어머니가 맛있는 걸 많이 보내주셨을 때에도 엘리베이터는 언제나 움직였다.

문득 깨달았다. 우리가 어느새 가족이 되어버렸다는 걸. 좀 느슨한 가족. 그래서 산뜻한 가족. 어떤 의무감도 없고, 어떤 책임감도 없지만 유대감만은 가득한 새로운 형태의 가족. 생각해보면 대구에 있는 엄마와는 1년에 많이 만나봤자 두세 번이었다. 콩 한쪽도 나눠먹는 게 가족이라지만, 지금 이 콩이 아무리 맛있어도 대구에 있는 엄마에게 전해줄 방법은 요원했다. 하지만 같은 아파트에 사는 언니들에게는 바로 전달해줄 수 있다. 지금 당장 눈앞에 나타난 곤란함에 대해서도 멀리 사는 친구보다는 옆집 언니들이 도움이 되었다. 자잘한 일상에 지친 날 저녁에도 위로가 되는 건 옆집 가족들과의 술 한잔이 될 때가 많았다. 그렇다면 이것이 가족 아닐까? 전통적이지 않더라도. 상식과는 조금 어긋나더라도.

하지만 세상은 우리의 생각과 아주 달랐다. 우연찮게 다들 비슷한 시기에 핸드폰이 망가져서, 남편과 나 그리고 언니들도 동네 핸드폰 가게에 갔다. 다들 똑같은 핸드폰을 골랐는데, 부담해야 하는 핸드폰 비용은 달랐다. 가족증명서가 있는 남편과 나는 싼 값에, 가족증명서가 없다는 이유로 언니들은 비싼 값에 휴대폰을 살 수밖에 없었다. 같은 집에 살면서 같은 통신사의 인터넷과 텔레비전과 휴대폰을 써도 가족증명서가 없으면 할인이 안 된다니. 그제야 깨달았다. 우리나라 제도들이 다 전통적 가족에 맞춰져 있다는 것을. 아무리 1인 가족의 비율이 40퍼센트를 육박하고, 아무리 기존 가족 형태가 해체되고 있어도 여전히 제도적으로는 결혼한 부부와 그들의 자식만을 가족의 기본 형태로 인정하고 있는 것이다.

나는 곧장 분개하기 시작했다.

"어차피 더 많은 고객들을 자기 통신사로 끌어들이기 위해 '가족할인'이니 '결합할인'이니 상품을 만든 거잖아. 천문학적인 돈을 써가며 그걸 광고하고. 내가 그 광고 아이디어 내느라고 고생했던 거 기억나지? 어휴, 그러면서 가족을 그렇게 좁게 설정해놓으면 무슨 소용이야. 당장 자동차가 날아다녀도 이상하지 않을 것 같은 2017년에 이건 너무 전근대적인 해석 아니야?"

그때였다. 끝없이 불평불만을 토로하던 내게 문득, 아이디어 신이 강림했다.

"대박. 이런 상품 하나만 출시하면, 그 통신사 완전 대박

날 것 같은데? 거기에 젊고 트렌디한 이미지도 같이 얻을 수 있고. 우와. 대박. 내가 생각했지만 이 아이디어 완전 대박."

아이디어를 들은 남편도 인정해주었다.

"오, 좋은데?"

도대체 무슨 아이디어냐고? 새로운 가족 형태에 맞춘 새로운 상품! 바로, '신개념 가족 결합 상품―친구도! 연인도! 하숙생도! 자취인도! 함께 산다면 우리 모두 가족! 가족이면 모두 다 할인!'

시대 변화를 적극적으로 반영한 이런 상품만 나와준다면 남자친구와 결혼 대신 동거를 결심한 내 친구도, 결혼은 하기 싫지만 외롭게 살긴 또 싫어서 친구와 함께 사는 또 다른 친구도, 비싼 집세 때문에 한 집을 여러 명이 나눠 쓰는 또 다른 친구도, 그리고 물론 옆집 언니들도 모두 그 통신사로 옮길 텐데. 핸드폰은 물론이거니와 인터넷도 텔레비전도 싹 다 옮길 텐데. 거기다 좋은 상품이라고 다들 자발적으로 SNS에 광고하겠지? 그럼 끝없이 퍼져나가면서 수많은 사람들이 그 통신사로 옮기겠지? 우와, 누가 먼저 시작할지는 몰라도 그 회사 매출 좀 많이 오를 것 같은데? 가만있자, 이 아이디어를 여기에 공개해도 되나? 돈 좀 많이 받고 팔아야 하는 거 아닐까?

에이, 통 크게 선심 쓰겠습니다. 아무나 먼저 시작하세요.
대박날 거예요. 대박나면 저, 잊지 마시고요.

1

"남편이랑 10년째 싸우고 있지만 안 돼. 그래서 계속 싸우고 있어. 계속 말해도 그쪽에선 계속 이해를 못하니까 계속 싸울 수밖에 없어."

벌써 13년 전 이야기다. 회사 선배가 술을 마시다가 털어놓았다. 남편이 언제나 집안일을 "도와주겠다"라고 말한다는 것이다. 아무리 그 말의 문제점을 지적해도 끝끝내 그 말을 고집하는 남편. 그리고 그 말의 부당함에 맞서 싸우는 걸 끝끝내 포기하지 않는 아내.

"도와주겠다라니. 나도 회사 다니고, 자기도 회사 다니는데, 도와준다니. 그럼 집안일이 다 내 일이라는 말이잖아. 어떻게 그게 내 일이야. 회사 마치고 집에 가서 애 밥 챙겨서 먹이는 것도, 애 숙제 봐주는 것도, 집 치우는 것도 다 자기 일은 아니라는 거지. 자기는 가끔 도와주면서 좋은 남편, 좋은 아빠 생색만 내겠다는 거지. 나 그 꼴은 못 봐."

스물여섯 살의 어린 나는 그게 도대체 얼마나 심각한 문제인지 그때는 몰랐다. 어떻게 선배의 남편은 그렇게 말할 수가 있지? 어휴, 선배 힘들겠어요. 그걸로 끝이었다. 하지만 이제는 그 말의 문제점을 십이지장부터 새끼발톱까지 느끼게 되었다. 그래서 '집안일을 도와준다'는 어휘를 쓰는 사람들을 만나면 한숨부터 나온다. "요즘은 집안일 안 도와주면 큰일 나죠. 남자가 살기 더 힘들다니까요." 혹은 "그래도 우리 남편은 집안일 잘 도와주는 편이에요." 남자도 여자도 일상 속에서 너무 아무렇지도 않게 쓰는 말. 그 말에 숨겨진 폭력. 어디서부터 어떻게 잘못된 것일까?

2

처음 《82년생 김지영》을 읽고 나는 김지영이 아니라고 생각했다. 《며느라기》의 민사린도 아니라고 생각했다. 솔직히 말하자면 나는 손녀가 귀한 집에서 태어났다. 손자들은 모두 돌림자로 이름을 지을 때, 나만 작명소에 가서 비싼 돈을 주고 이름을 지었다고 들었다. (비싼 돈을 주고 지은 이름이 어쩌다가 이 모양이 되었냐고 엄마에게 많이 항의해보았지만, 별 소득은 없었다.) 남동생이 있었지만 남동생은 공부와 담을 쌓고 살았고, 나는 알아서 모범생이 되었다. 남동생과 비교를 당하긴 했지만, 그 부분에 있어서 억울한 쪽을 말하라면 동생일 것이다. 괜히 모범생 누나 만나서 별의별 일로 문제아 취급을 받았으니까. 엄마가 피아노 학원을 하며 바빴지만 딸인 나에게 집안일을 시키는 경우는 없었다. 딸이라서 특별히 다르게 주어지는 임무 같은 건 아예 없었다. 그 흔한 설거지 하나까지도. 결혼을 한 후에도 남편과 함께 집안일을 했다. 여자라서 뭘 못한 적도 없었고, 여자라서 뭘 포기해야 한 적도 없었다. 그래서 어리석게도 나는 김지영도, 민사린도 아니라고 생각했다. 그건 내 이야기가 아니라고 생각했다.

3

하지만 정말 그런 걸까. 어느 날 문득, 내가 습관적으로 남편에게 "미안"이라고 말한다는 걸 깨달았다. 뭐가 미안하다는 걸까. 매일 회사에 출근하는 건 나인데, 남편은 집에 있는 시간이 나보다 훨씬 길었는데. 그런데도 집이 지저분하면 그게 마치 내 잘못인 것처럼 느껴졌다. 냉장고에 먹을 게 별로 없어서 남편이 점심을 대충 때웠다고 말을 하면 나는 그것도 미안해했다. 나는 냉장고 안 식재료들도 마치 내 살림 성적표처럼 받아들이고 있었던 것이다. 채소가 또 시들었으니 감점. 과일 하나 안 사다놨으니 감점. 반찬에 곰팡이가 필 때까지 몰랐으므로 감점. 감점. 감점.

이상했다. 엄마가 나에게 집안 살림을 잘해야 한다고 당부한 적도 없는데. 시어머니가 나에게 남편의 밥을 챙겨야 한다고 말한 적도 없는데. 이 죄책감은 도대체 어디서 온 것일까. 이성적으로는 전혀 동의할 수 없는 이 감정. 남편은 결코 느낄 리 없는 이 감정. 어릴 적 엄마와 숙모들이 전을 부칠 때 유일한 손녀였던 나만 부엌에 앉아 있으면서 배운 걸까. 결혼해서 시댁에 제사를 지내러 갔을 때 여자들만 따로 앉아 밥을 먹으며 배운 걸까. 엄마가 기어코 사위의 고무장갑을 빼앗으며 장모 집에서 무슨 설거지냐고 말할 때 배운 걸까. 어디가 시작이었을까. 오랫동안 대를 이어가며 여자들의 피에 흘러든 이 의무감은. 뿌리 깊게 새겨진 이 미세한 죄책감은.

4

그 마음을 극복하기까지 오래 걸렸다. 지금도 다 극복했냐고 묻는다면 오래 대답을 고를 것 같다. 아직도 위장 어딘가에는 죄책감이, 심장 어느 구석에는 의무감이, 또 뱃살 어느 구석에는 '여자니까'라는 단어가 머물다가 불시에 나를 습격하니까. 다만 그래서 더더욱 열심히 나에게 당부하고 있다고 대답은 할 수 있을 것 같다. 여자라서 따로 가져야 하는 의무감 같은 건 없다고. 그냥 사람과 사람이 만나서 사는 것뿐이라고.

그러니까 나도 이제야 조금씩 깨어나고 있는 것이다. 다행인 건 세상의 많은 사람들이 조금씩 깨어나고 있는 신호가 보인다. 광고만 보더라도 더 이상 여자만 부엌에 있도록 만들지 않는다. 60대 아버지도 부엌에서 요리를, 사위가 거실에서 청소를, 아내는 출장을 가고 남편이 아이들을 돌보는 풍경이 광고 속 일상이 되기 시작했다. 익숙하지만 옳지 않은, 오래되었지만 당장 버려도 좋을, 고정된 성관념으로 만든 콘텐츠들이 점점 사라진다는 건 환영할 만한 일이다. 무척이나.

물론 이 정도 변화는 겨우 시작에 불과하다. 아직도 사회엔 신입사원으로 여자를 뽑지 않는 제도가 존재한다. 회사

승진에서는 여자가 누락되는 경우가 비일비재하다. 육아휴
직을 마치고 돌아온 여자에게 "애는 누가 봐요?"라고 아무렇
지도 않게 묻는 걸 듣는다. 남자들에겐 결코 묻지 않으면서.
그 모든 불합리에 대해 여자들이 목소리를 내기 시작했다.
그리고 무엇보다 지금까지 갖은 범죄에 시달렸던 여자들이
겨우 미투ME TOO라고 말하기 시작했다. 그 목소리를 들은 사
람들이 힘을 짜내 위드 유WITH YOU라고 외치기 시작했다. 여
자들을 배제시키기 위한 공고한 룰과 유리천장과 보이지 않
던 차별과 외면받았던 폭력들이 이제 수면 위로 올라오기 시
작했다. 그리고 이제야 미세하게, 아주 미세하게 인류의 가
장 오래된 '남자'라는 체제가 겨우 흔들리기 시작했다. 계속
해볼 수밖에 없다. 우린 이제 겨우 출발선에 섰으니까.

5

개인적으로 말하자면, 나는 즐겁다. 이 혼돈의 시기를 살
게 되어서. 어쨌거나 이 혼돈의 시기가 다 지나고 난 다음에
는 이전과 같지 않을 테니까. 아무도 그 이전의 시기로 다시
돌아가지는 못할 테니까. 그때의 세상은 지금보다는 나을 테
니까. 나을 수밖에 없으니까. 그래서 힘들더라도, 답답하더

라도, 더디게 보이더라도, 분노가 머리카락 끝까지 뻗쳐오는 날에도 끝까지 즐거울 셈이다. 기를 쓰고 즐거울 셈이다. 보란 듯이 끝까지 즐겁게 싸워볼 셈이다.

이론이 변화할 때나 붕괴할 때, 국민적, 종교적, 경제적 사고의 좁은 뒷골목과 학파와 사상이 성장할 때와 허물어질 때, 인간은 손을 뻗어 비틀거리며 앞으로 나아간다. 고통스럽게. 때로는 실수를 저지르기도 하면서. 일단 앞으로 발을 내디딘 후 뒤로 미끄러질 수도 있지만, 그래 봤자 반 발짝 물러설 뿐이다. 결코 한 발짝을 온전히 물러서는 법이 없다. 이것이 바로 인간이라고 말할 수 있다.

_존 스타인벡, 《분노의 포도》

4

"거길 안 가봤다고?
거기 정말 네 취향이야!"

"그거 꼭 먹어봐.
네가 진짜 좋아할 거야."

"친구랑 말했다니까.
네가 왔다면 막 소리 지르고
난리가 났을 거라고."

얼마나 다행인가.
못 가본 곳이 너무 많다.
못 먹어본 것이 너무 많다.
아직도 못 경험해본 것이
우리에겐 쌓이고 또 쌓여 있다.

미지의 취향이
미지의 땅에서
우리를 기다리고 있다.
그 사실 덕분에
나는 기꺼이 내일을 살고 싶어진다.

빛이 되는 도시,
빛이 되는 도시

생각할 때마다 마음 한구석에 쨍한 빛을 드리우는 도시가 있다. 한겨울 버스 정류장에서 벌벌 떨다가도 문득, 회사에서 정신없이 일을 하다가도 문득, 그 도시를 생각하는 것만으로도 마음 한 켠이 따뜻해지는 도시. 그곳에서 행복했던 내가 자연스럽게 재생이 되는 도시. 언제쯤 그곳에 다시 가볼 수 있을까 괜히 손가락을 꼽게 되는 도시, 바로 '빛'이되는 도시다. 반면, 생각할 때마다 목구멍까지 꽉 막힌 기분이 드는 도시가 있다. 그때 그러지 말걸, 거기에서 안 그래도됐는데, 나는 왜 그렇게 멍청했을까, 생각할 때마다 후회가밀려와 다시 처음부터 시작해보자고 매달리고 싶은 도시. 바로, '빛'이 되는 도시다. 그리고 드물지만 빚이자 빛으로 남는 도시가 있다. 내겐 이탈리아 베로나가 그랬다.

늦은 밤, 독일에서 출발한 열차는 새벽 다섯 시가 넘어 나를 베로나에 내려주었다. 나에게 베로나는 로미오와 줄리엣의 도시가 아니었다. 그저 그 유명하고 비싸다는, 그래서 도착 전부터 나를 긴장하게 만든 도시, 베네치아에서 기차로 두 시간 떨어진 작은 마을일 뿐이었다. 돈이 없어 3일째 시장에서 산 바게트 빵 하나를 이렇게 저렇게 뜯어먹으며 다니던 나는 조금이라도 싼 숙소에 묵으며 베네치아에 다녀오기 위해 베로나 역에 내린 것이었다. 잔뜩 겁에 질려서.

그렇다. 생애 처음으로 이탈리아에 도착한 찰나였는데, 나는 겁에 질려 있었다. 어떤 환희도 깃들 틈 없이 머리끝부터 발끝까지 온통 겁으로 무장했다. 잠깐 한눈판 사이에 여행 자금을 다 털렸다더라, 손목시계까지 빼앗겼다더라, 소매치기를 따라 뒷골목으로 뛰어갔더니 그 패거리가 나와 더 크게 털렸다더라 등등 이탈리아 소매치기에 관한 각종 소문이 끊이지 않고 내게 들렸기 때문이었다.

커다란 배낭을 등 쪽으로 더 바짝 당겨 묶었다. 그리고 아직 동도 트지 않은 베로나 역 밖으로 나왔다. 지도 하나 없었다. 오른쪽으로 가야 하나 왼쪽으로 가야 하나도 나는 몰랐다. 대충 오른쪽으로 가보기로 하고 걷다 보니 주유소가 나왔다. 그 새벽 유일하게 불이 켜진 곳이었다. 주저주저하다가 주유소 안으로 들어갔다. 키도 눈도 커다란 흑인 아저씨가 주섬주섬 일어섰다.

"저… 제가 지금 막 여기 도착해서 그러는데, 베로나 중심가로 가려면 이쪽이 맞나요?"

"네. 이쪽 맞아요. 이 앞 사거리에서 왼쪽으로 꺾어서 쭉 가다 보면 아레나가 보일 거예요. 거기가 베로나의 중심이에요."

"아, 감사합니다."

친절한 아저씨의 조언에 따라 길을 건너 왼쪽으로 꺾었다. 갑자기 비슷비슷한 톤이었지만 하나같이 다른 집들이 나타났다. 주황색, 붉은색, 분홍색, 노랑색. 알록달록한 집들 앞에 알록달록한 차들이 서 있었다. 너무 예뻐서 나도 모르게 탄식이 흘러나왔다. 다른 나라에서는 만나보지 못한 방식의 아름다움이었다. 내 마음에 꼭 들어맞는 아름다움이 지천이었다. 길가에 서 있는 커다란 초록색 쓰레기통에는 알록달록 그림이 그려져 있었다. 나는 너무나도 자연스럽게 카메라를 꺼내서 그 쓰레기통을 찍었다. 건물도 찍었다. 간판도 찍었다. 그러니까 필름 아까운 줄도 모르고 자동카메라로 베로나를 마구 찍었다. 이탈리아는 이런 빛깔이구나. 그래서 이탈리아구나. 감탄이 끊이지 않았다. 아직 인적은 드물었고, 거리는 깨끗하게 청소되어 있고, 해는 막 떠오르고 있고, 눈이 닿는 곳마다 반짝였다. 그냥 세상에 이런 곳이 존재한다는 것 자체를 믿을 수 없었다. 소매치기 생각은 순식간에 지워졌다. 나는 세상에서 가장 아름다운 도시에 막 도착했으니 말이다.

이것저것 기타 등등 모든 것에 감탄하며 걷다 보니 문이 열린 호텔이 보였다. 부끄러움도 내팽개치고 그 호텔에 들어가서 베로나의 지도를 얻었다. 내가 지금 있는 곳을 확인하고, 유스호스텔 위치도 확인하고, 다시 길을 나섰다. 인적이 드문 베로나의 그 모든 것이 내 것이 된 기분이 들었지만 더이상 지체할 시간이 없었다. 나는 잰걸음으로 유스호스텔을 찾았고, 거기에 배낭을 맡겼고, 다시 빠른 걸음으로 기차역으로 돌아갔다. 베네치아에 다녀오기 위해.

두 시간을 걸려 베네치아에 도착했다. 자동차가 한 대도 없는 도시였다. 택시도 구급차도 우편자동차도 '배'라는 당연한 사실에 충격을 받았다. 한쪽 면이 바다인 산 마르코 광장에, 산 마르코 성당의 금색 장식들에, 골목골목 알록달록

한 색깔에, 그 모든 골목을 연결하는 작은 다리들에 끝없이 감탄을 하다 보니, 늦어버렸다. 얼른 베로나로 돌아가야 했다. 그곳에 나의 숙소가, 나의 모든 짐들이 있었다. 허겁지겁 나는 베로나로 돌아가는 기차를 탔다.

다시 같은 여정이었다. 오늘 새벽에 도착했던 그 베로나 기차역에 밤늦게 나는 다시 도착한 것이었다. 의심없이 오른쪽 방향으로 쭉쭉 걸어 아침의 그 주유소를 지나고, 그 호텔을 지나고, 도시 중심부까지 접어들어, 나는 그만 길을 잃고 말았다. 밤의 이탈리아에서 길을 잃다니. 낮의 이탈리아는 예상과 달리 안전했지만, 밤의 이탈리아야말로 자신할 수 없었다. 분명 길을 잃었는데 지도를 꺼낼 수도 없었다. 지도를 꺼냈다가는 바로 범죄의 표적이 되어버릴 것만 같았다. 기억을 더듬어 더듬어 골목을 헤매는데 정말로 미칠 것 같았다. 온몸이 겁으로 뒤덮였는데, 내 눈에 비친 그 밤의 베로나가 미치도록 아름다웠기 때문이다.

사람들 모두 술집 앞 노란 가로등불 밑에 서서 술잔을 들고 두런두런 이야기를 하는 여름밤이었다. 길을 찾고도 싶고, 그 아름다움에 끼고도 싶고, 너무 무섭기도 하고, 남들은 너무 평온해 보이기도 하고, 나만 이게 무슨 짓인가 싶기도 하고, 하지만 지도를 꺼낼 용기는 여전히 없고, 온갖 감정과 생각이 뒤범벅되어 나는 정신병에 걸릴 것만 같았다. 하지만 그렇게 계속 헤맬 수는 없었다. 유스호스텔 문 닫는 시간이 가까워지고 있었으니까. 크게 한숨을 한 번 내쉬고, 가장 친절해 보이는 사람들에게 다가갔다. 나의 후줄근한 옷차림과는 달리 이탈리아 멋쟁이답게 수트와 드레스를 차려입은 커플이었다. 그들은 나의 곤란함을 바로 눈치 채고, 지도를 열심히 보더니, 그곳에서 유스호스텔까지 가는 길을 알려주었다. 비로소 나는 안전해졌다.

다음 날 아침, 어제처럼 아름다운 그 도시를 두고 생각했다. 여기에 하루 더 머물까? 아무런 계획도 없는 배낭여행자다운 생각이었다. 하지만 내 마음속 깊은 곳에는 욕심이 가득했다. 더 짧은 시간 안에 더 많은 곳에 가보고 싶다는 욕심. 무거운 배낭을 메고 기어코 매일 다른 도시를 헤매게 만든 그 욕심. 결국 나는 딱히 가야 할 곳이 있는 것도 아니면서, 여기 못 머무를 이유가 있는 것도 아니면서, 단호하게 그 도시를 뿌리치고 떠났다. 나에게 처음으로 도시가 아름답다는 건 이런 거야, 라고 몸소 보여준 그 도시를 매정하게도. 그래서 베로나는 아주 오랫동안 나에게 빛이자 빚으로 남았다. '베로나'라는 이름을 들을 때마다 그때 행복했던 나와 당황했던 나와 매정했던 내가 동시에 떠올라 감정은 복

잡해졌다. 그리하여 나는 다시 베로나로 떠났다. 16년 만의
일이었다.

　16년 만에 나는 얼마나 변한 걸까. 16년 전처럼 그 주유
소를 지나 예약한 숙소로 들어왔다. 16년 전의 8인실 대신
남편과 나만 쓰는 방에 짐을 풀고, 3일 된 바게트 빵을 뜯어
먹는 대신 느긋하게 숙소 앞 식당에 들어가 밥을 먹고, 커피
를 마셨다. 16년 전처럼 쓰레기통에 감동하진 않았다. 대신
내가 더 이상 베로나의 어둠 앞에 당황하지 않는다는 사실
에 감동했다. 그래서 밤늦게 조명이 켜진 강변을 걸었고, 그
때처럼 골목에 서서 술을 마시고 있는 사람들을 미소로 지
켜보았다. 밤이 더 깊어지자 길은 더욱 소란스러워졌다. 더
많은 사람들이 술을 마셨고, 이야기를 했고, 때론 노래를 불
렀다. 골목은 흥겨워졌고, 사람들은 더 많이 웃었다. 그렇게
까지 겁낼 필요는 없었는데, 16년 전 나에게 슬며시 말해주
었다. 이렇게 좋은 사람들이 많은 곳인데 말이야, 16년 전의
내 어깨를 가만히 토닥여주었다. 밤의 베로나를 가만히 걸어
16년 전의 나를 데리고 숙소로 돌아왔다. 지도도 없이. 공포
도 없이. 가슴에 빛만 가득 담아서. 마침내 베로나에 빚을
갚은 기분이었다.

밤늦도록 밖은 시끄러웠다. 하지만 나는 평온하게 잠들 수 있었다. 그 밤, 비로소 베로나는 나에게 온전한 빛이 되었다.

사소한
불운

눈 뜨자마자 직감했다. 직감이라는 건 언제나 믿을 만한 녀석이다. 그 녀석은 순식간에 내가 있는 곳, 내가 있는 시간, 내가 처한 상황, 전체적인 분위기까지 완벽하게 파악해 버렸다. 그러고는 내게 말해주었다. '너, 올해는 망했어.' 그렇다. 하루가 아니라, 한 달이 아니라, 한 해를 망쳐버린 것이었다. 내가. 아니, 정확히 말을 하자면 술이. 그 망할 놈의 술이. 한 해를 통째로 마셔버린 것이다. 거듭해서 말하지만, 진심으로 말하자면, 내가 아니라 술이.

직감은 옳았다. 다른 때도 아니고, 1월 1일 아침이었다. 다른 곳도 아니고, 포르투갈이었다. 그러니까 1월 1일 아침

에 포르투갈의 남쪽 끝 휴양지, 라구스에서 전날 너무 많이
마신 술 때문에 머리가 깨질 것 같고, 입술이 바싹 마르다 못
해 쩍쩍 갈라질 정도로 갈증을 느끼며, 도대체 내가 전날 얼
마나 술을 마신 거지, 자책과 자학을 거듭하며 잠을 깬 것이
었다. 눈을 겨우겨우 떠가며 침대에 계속 누워 있었지만 정
신은 돌아오지 않았다. 대신 잠과 두통과 숙취가 함께 몰려
왔다. 끊임없이 승리를 거두는 건 숙취였다. 밀물처럼 밀려
오는 숙취의 틈 사이로 지난밤의 기억들을 겨우겨우 건지기
시작했다.

분명 시작은 낭만적이었다. 한 해의 마지막을 보내기 위해
포르투갈의 휴양 도시에까지 기어이 도착했으니, 낭만적이
지 않을 턱이 없었다. 그 낯선 도시에서 하루를 보내다 낯선
술집에 들어갔다. 손님은 남편과 내가 유일했다. 가볍게 술
한 잔씩 하고 일어서는데 젊은 바텐더가 우리를 붙잡았다.

"내일 뭐하세요?"

"내일이요? 12월 31일?"

"네. 이 도시에 계속 머무르시면 여기에 오세요. 새해 파
티가 열릴 거거든요."

근사했다. 낭만적인 이 도시에 딱 어울리는 즉흥적인 초
대였다. 우리가 할 일은 단 하나였다. 그 초대에 기꺼이 응하

는 것. 그리하여 기꺼이 대답했다.

"완전 좋아요! 내일 다시 올게요!"

여기까지가 12월 30일의 기억이다. 하지만 지금 이 미칠 것 같은 숙취를 설명하기 위해서는 12월 31일의 기억도 필요했다. 아니, 간절했다. 그래서 침대에 누워 나는 12월 31일, 그러니까 지난밤의 기억도 하나둘씩 건져 올리기 시작했다.

12월 31일. 한 해의 마지막. 하지만 그런 감정에 휩싸여서 하루를 통째로 보낼 수는 없었다. 이곳저곳을 돌아다녔다. 평소처럼. 마치 12월의 아무 날처럼. 더 정확히는 아무 날도 아닌 것처럼. 커피를 마시고 책을 읽었다. 그러다가 해가 지자 뭔가 기억에 남을 만한 곳에 가야 할 것 같았다. 가장 신날 것 같은 술집에 들어갔다. 알렉산드르. 술집 사장의 이름이 그랬다. 혀를 완전하게 굴리며, 최대한 느끼하게, 알렉산드르. 딱딱한 독일을 못 견뎌, 결국 도망쳐 나온 독일 청년이었다. 마치 잭 블랙 같은 외모로, 잭 블랙 같은 태도로, 독일 사람이라고는 믿을 수 없을 정도로 이성의 끈을 놓아버린 주인장이었다.

술꾼은 술꾼을 알아보는 법인가. 그게 동양인이건 서양인이건, 그게 영국인이건 한국인이건, 그러니까 인종불문 국적불문, 술꾼은 술꾼을 알아보았다. 알렉산드르가 우리를 알아보았다는 이야기다. 알렉산드르는 우리에게 물었다.

"자?"Jar? 겁도 없이 우리는 고개를 끄덕였다. 순식간에 우리 앞에는 보통의 생맥주잔보다 훨씬 큰, 그러니까 커다란 잼을 담는 병 같은 술잔이 놓여졌다. 보는 손님들마다 우리를 향해, 동양에서 온 술꾼들을 향해 엄지를 치켜들어줬다. 한 해의 마지막 날이었다. 옆자리 할아버지와도, 앞자리 헤비메탈 마니아 남자들과도 쉽게 친구가 되었다. 별 말은 필요 없었다. 그저 웃으며 모두 건배를 했다.

그래도 그때까지는 말짱했다. 열두 시가 되기 전에, 어제 우리를 초대한 그 술집에 가야 한다며 일어섰으니까. 천천히 언덕을 걸어 올라가 어제 그 술집에 들어가 바텐더와 인사를 했다.

"진짜 오셨네요!"

"그럼요. 여기에서 새해를 맞으려고요."

술을 또 한 잔 주문하고 주변을 둘러보니, 뭔가 이상했다. 오면 안 되는 곳에 온 것 같았다. 그 술집 안에 있는 사람들의 나이를 평균 내면 딱 스무 살일 것 같았다. 하지만 눈치도 없이 30대 중반의 우리가 끼어들어 갑자기 평균 나이는 치솟고 있었다. 반대로 우리 덕분에 분위기는 가라앉고 있었고. 나이가 들면서 느는 건 눈치라더니, 정말로 눈치가 보였다.

새해가 되기 3분 전. 남편에게 말했다. 조용히.

"여기서 새해를 맞는 건 아닌 것 같지 않아?"

"응. 갈까?"

"아까 거기로?"

벌떡 일어났다. 얼른 술값을 계산했다. 딱 1분이 남아 있었다. 술집 문을 벌컥 열었다. 뛰기 시작했다. 언덕 아래로 다다다다다다다. 왕년에 100미터 달리기 하던 기분으로. 아니 그거보다 더 열심히. 더 열정적으로. 이성의 끈을 이미 놓아버린 알렉산드르의 품으로! 우리를 보면서 계속 웃기만 했던 할아버지의 곁으로!

"Ten!" 그 순간 우리는 "Nine!" 알렉산드르의 술집 문을 "Eight!" 열었고, "Seven!" 사람들이 우릴 보고 "Six!" 반가워했고 "Five!" 알렉산드르는 얼른 "Four!" 술을 두 잔 더 따랐고 "Three!" 수염을 한 번 만졌고 "Two!" 주머니에서 라이터를 꺼내더니 "One!" 술잔들에 불을 붙였다. "Happy New Year!"

술집 안의 모두가 불붙은 술을 빨대로 쭉 들이켰고, 서로 새해를 축하하느라 술을 계속 더 시켰고, 신난 알렉산드르는 또 불을 붙였고, 그 사람들이 재미있어서 우리는 또 술을 시켰고, 또 시켰고, 그러니까 계속 시켰고, 마지막으로 한 잔만 더 시켰고… 그리하여 나는 1월 1일, 포르투갈 라구스에서 술 쓰레기로 깨어난 것이었다. 아이고 머리야.

오후까지 내내 잤다. 자면서도 계속 괴로웠다. 숙취 때문에 괴로웠고, 1월 1일부터 숙취와 싸우고 있다는 한심함 때문에 괴로웠다. 새해를 통째로 망쳐버린 듯한 죄책감은 도무지 떨쳐내기 힘들었다. 하지만 결과적으로는? 그 해엔 별 일이 일어나지 않았다. 아니, 정확하게 말하자면 그해에도 좋은 일이 가득했다. 1월 1일의 잘못 하나로 한 해 전체를 벌하는 신은 존재하지 않았다.

요즘도 나는 라구스의 그날을 종종 생각한다. 뭔가를 다 망쳐버린 것 같을 때. 방금 지하철을 놓쳤고, 갈아타는 버스도 또 놓쳤고, 결국 딱 1분 차이로 지각을 면할 수 없을 것 같을 때. 그러니까 하루가 통째로 꼬여버릴 것 같은 불길한 예감이 나를 스쳐지나 갈 때, 라구스의 1월 1일을 떠올린다. 그러고는 나에게 말해준다. 이거 하나로 오늘 하루를 속단할 필요는 없어, 라고. 라구스의 1월 1일로 한 해를 속단할 필요가 없었던 것처럼. 그리고 최대한 빨리 사소한 불운들은 흘려보낸다. 그러고 나면 희한하게도 결과적으로 꽤 괜찮은 하루를 보냈구나 싶을 때가 많았다. 그러니까 아무 상관도 없는 것이다. 세상은 그렇게 허술한 인과관계로 이루어지지 않았다. 그렇다면 이제는 지나가는 똥차를 보며 하루를 점쳤던 초등학생의 버릇은 떠나보내줘도 될 때가 되지 않았을까? 불행이여, 여기서 끝나거라. 나는 오늘 무사할 테니.

지나치게
비효율적인

1

어쩌다가 갑자기 그쪽으로 시선을 돌린 걸까. 분명 나는
지휘자 장한나를 보러 공연장에 간 거였다. 숨을 몰아쉬며
첼로를 연주하던 꼬마 장한나를 보고 반한 이후로 나는 쭉
그녀의 팬이었으니까. 그때처럼 유난한 집중력과 열정으로
지휘를 하는 장한나를 실제로 볼 수 있다니! 그런데 정작 내
가 보기 시작한 건 심벌즈였다. 심벌즈는 연주 내내 미동도
없었다. 현악기들의 활이 바쁘게 움직이고, 관악기 소리도
바쁘게 내뿜고 있는 와중에도. 장한나의 땀이 뚝뚝 떨어지
는 그 시간에도.

처음엔 생각했다. 그래, 심벌즈가 바쁜 곡은 거의 없지. 심벌즈는 클라이맥스를 위한 악기니까. 나는 시선을 다른 악기들로 돌렸다. 한 시간이 넘는 곡이었고, 그만큼이나 오케스트라의 악기는 많았다. 하지만 자꾸 시선은 심벌즈로 향했다. 왜 한 번을 안 움직이지? 나는 급기야 초조해지기 시작했다. 저 사람, 아무 일도 없이 저기 앉아 있는 건가. 아니면 나갈 타이밍을 놓친 건가. 설마 그런 건가.

곡이 시작되고 몇십 분이 지나서 심벌즈 연주자는 의자에서 일어났다. 심벌즈를 손에 쥐었다. 그리고 절정에서 심벌즈 연주자가 드디어, 마침내, 진짜로 짠! 그리고 그걸로 끝이었다. 단 한 번의 타격. 그 타격을 위한 1시간 20분의 기다림. 내 입장에서는, 완벽한 비효율.

나중에서야 알게 되었다. 그날 들은 〈브루크너 심포니 7번〉은 그 곡 자체도 유명하지만 단 한 번의 심벌즈 타격으로도 유명하다는 것을. 심지어 "브루크너의 심벌즈 소리 한 번은 브람스 교향곡 네 개와 맞먹는다"라고 말한 평론가도 있다는 것을. 음악을 그렇게 산술적으로 잴 수 있는 건가 싶긴 하지만 어쨌거나 누군가의 비효율이 누군가에겐 결정적인 한 순간이 될 수도 있었다.

2

국립무용단의 〈향연〉 공연을 보러 갔다. 몇 년째 '전회, 전석 매진'을 기록하고 있는 공연이었다. 보고 온 사람들은 하나같이 황홀경에 빠진 표정으로 나에게 그 공연을 추천했다. 도대체 어떤 공연이길래 싶어 인터넷에 검색했다가 입을 딱 벌렸다. 단 몇 장의 사진을 봤을 뿐인데 '어머, 이건 봐야 해!'라는 강한 확신이 들었다. 무대가 한 편의 그림 같았다. 동작은 물론 의상까지 완벽하게 어우러진.

공연이 시작되었다. 그 무대를 뭐라 말하면 좋을까. 한 명 한 명의 무용수들이 모여 무대를 캔버스 삼아 끝없이 다른 그림을 그리고 있었다. 하얀색 옷을 입은 무용수들이 한 폭의 수묵화를 무대 위에 그리고 사라지면, 초록색 옷을 입은 무용수들이 장구를 치며 무대를 사정없이 갈랐다. 엄청난 이미지와 소리와 동작이 끝없이 무대를 채우고 있는데, 갑자기 무대 전체에 그려진 가늘고 둥근 선으로 시선이 갔다. 저 선은 뭐지? 설마 저 둥근 바닥이 돌아가는 건가? 하지만 열 번째 무대가 끝날 때까지도 그 둥근 원은 잠잠했다. 그리고 열한 번째 무대가 시작되는 순간, 그 둥근 원이 360도로 돌아가는 순간, 나는 입을 딱 벌렸다.

둥근 원 위로 수십 개의 오고무가 일렬로 놓여졌다. 노란

한복 치마를 입은 무용수들이 오고무를 치고, 무대는 돌아가고, 오고무가 무대를 가로로 가득 채웠다가, 또 세로로 돌면 한 점으로 보였다. 앞 사람의 오고무에 뒷사람의 오고무가 살짝 겹쳐졌다가 또 풀어졌다가, 말 그대로 매 순간 무대는 다른 풍경이 되었다. (인터넷에 '향연 오고무'를 이미지로 검색해 보면 더 이해가 빠를 수도 있다.)

누구인가. 저 360도 무대의 아이디어를 낸 천재는. 열 개의 무대가 끝날 때까지 쓰지 않던 그 무대 시설을, 한 번의 무대를 위해 설치하자고 주장한 예술가는. 누군가는 비효율적이라고 반대했을지도 모를 그 시설에 과감히 투자를 한 영웅은. 도대체 누구인가. 알지도 못하는 누군가의 아이디어 하나가, 그 아이디어를 실행에 옮긴 누군가의 용기 하나가 상상할 수도 없었던 풍경을 무대 위에 계속해서 풀어놓고 있었다. 나는 거의 울 것 같았다. 그리고 그 순간 나는 브루크너의 심벌즈를 생각했다.

3

브루크너의 심벌즈. 나에겐 비효율의 상징. 하지만 효율이라니. 음악에. 예술에. 효율로만 구성된 세상을 바란 것인가 나는, '저 정도로 쓸 거면 심벌즈 주자를 넣지 않았어도 되지 않았을까?'라고 생각했던 나의 몰이해와 '도대체 얼마나 쓰겠다고 회전하는 무대를 만든 걸까?'라고 생각했던 나의 대단한 무식함 앞에 나는 그만 부끄러워졌다. 베토벤의 음악과 루오의 그림과 한강의 소설과 백건우의 연주와 황보령의 목소리. 이런 것들이 수렁에서 나를 건져냈었는데, 나를 살게 했었는데. 그러니까 효율과 전혀 상관없는 것들로 인해 이 세상은 겨우 살 만한데 효율이라니.

《안나 카레니나》의 그 두꺼운 책 세 권을 효율적으로 만들자면 '바람 피운 여자가 결국 자살한다' 이 한 문장이면 될 것이다. 《이방인》을 효율적으로 줄여보자면 '어머니의 장례식에서 울지 않은 남자가 결국 사형 선고를 받는다' 정도면 될려나? 베토벤의 교향곡 〈운명〉은 '빠바바밤'으로 줄일 수 있을 것 같다. 아니 뭐, 이렇게 줄이는 김에 모든 음악을 '도레미파솔라시도'로 줄여볼까?

4

대학교 때 들었던 수업 중에 아직도 기억나는 수업이 있다. 서른 명이 수강신청을 했다가 반 이상이 포기하고 나가

버린 수업이었다. 하지만 나는 졸업 때문에 들을 수밖에 없었다. 그 수업 하나 때문에 그 학기는 지옥이 되었다. 정말로 알아들을 수 있는 말이 하나도 없었다. 과장이 아니다. 분명 철학 수업이었는데, 마치 수학 수업 같았다. 이상한 알파벳과 기호들만 난무했고, 매일 졸다 말다 하는 것이 그 수업에서 내가 할 수 있는 유일한 일이었다. 그날도 역시 불가해한 기호들 앞에서 꼬박꼬박 졸고 있었다. 그런데 선생님이 수업 끝에 분필을 내려놓으며 말했다.

"오늘 우리는 '0의 존재가능성'에 대해 살펴봤습니다."

0의 존재가능성이라니. 명백히 존재하는 0을! 하루도 빠짐없이 보고, 쓰는 0을! 하지만 세상엔 그런 학문도 있는 것이다. 0의 존재가능성을 풀어가는 기호들을 보며 그 아름다움에 몸서리를 치다가, 결국 그런 학문에 평생을 바치는 사람도 있는 것이다. 효율로 따지자면 그것이야말로 0일 것이다. 하지만 철학의 효율이 0이라고? 그래, 그런 사고방식이 대학에서 철학과를 없애고, 문예과를 없애고, 사학과를 폐지하는 거겠지. 그렇게 기어이 세상을 각박하게 만들어야 직성이 풀리는 사람들이 있지.

5

손에 잡히지 않아서, 이해할 수 없어서, 다 이해되지 않아서, 그래서 아름다운 것들이 세상엔 있다. 효율로만 평가하려고 하는 이 세상에 비효율로 남아 있어서 고마운 것들. 우리를 간신히 인간답게 만드는 것은 사실 그런 비효율들이다. 너무 쉽게, 너무 자주, 너무 무심히, 모든 것에 효율을 들이대는 이 세상에서 누군가는 단 한 번의 심벌즈를 위해 한 시간 넘게 준비하고 있고, 누군가는 단 한순간의 아름다움을 위해 무대를 움직이고 있고, 또 누군가는 0의 존재가능성을 밝히느라, 우주 탄생의 가설을 세우느라, 한 문장으로 우리를 구원하느라 밤을 새우고 있다, 라고 생각하면 마음 어딘가가 편안해진다. 따뜻해진다.

가로늦게 말하는
'가로늦게'

아는 사람은 알겠지만, 이 책의 시작은 신문에 연재한 칼럼이었다. 칼럼의 제목부터 지어달라는 신문사의 부탁 앞에서 뜬금없이, 정말로 밑도 끝도 없이 '가로늦게'라는 단어가 툭 떠올랐다. '가로늦게'라면 괜찮을 것 같았다. 그 제목이라면 잡다한 나의 일상을, 생각을, 관심사를 다 담을 수 있을 것 같았다. 그렇게 전국에 나가는 신문 지면에 떡하니 '가로늦게'라는 제목을 달아놓으니, 사람들은 자동적으로 질문했다. "가로늦게가 무슨 뜻이야?" 대부분의 사람들이 단어 뜻을 질문했으나, 한 친구만 질문의 각이 달랐다. "가로늦게가 표준어야?" 포항이 고향인 친구였다.

그 친구를 실망시켜서 미안하지만, '가로늦게'는 포항을 비롯한 경상북도의 사투리다. 경상남도 쪽은 '가리늦게' 혹은 '가리늦기'라는 말을 쓴다는 제보도 있었다. 어쨌거나 굳이 번역을 하자면 '가로늦게'는 '때늦게' 정도가 될 것이다. 하지만 '때늦게'와 같은 단정한 표준어에는 다 담기 힘든 뉘앙스가 '가로늦게'에는 있다. '이제와서 왜' 혹은 '이제와서 어쩌자고'의 의미가 이 단어에는 강렬하게 담겨 있다. "가시나, 가로늦게 와 이카노?"라고 말하는 게 정확한 용례가 되겠다. 그리고 그 말은 고스란히 내 인생을 설명하는 한 단어가 될 것 같다.

대학교 입시 원서를 쓸 때의 일이다. 그때 나는 망설임 없이 철학과를 택했다. 아마도 철학 공부를 유독 열심히 했던 막내 이모의 영향이 가장 컸을 것이다. 하지만 누군가의 영향으로 그 중요한 선택을 했다, 라고 말을 하기엔 뭔가 폼이 안 났다. 그리하여 내가 지어낸 이유는 "철학은 모든 학문의 기초니까"였다. 하! 학문의 기초라니. 철학이 무슨 구구단도 아니고, 철학이 무슨 중력의 법칙도 아니고, 공부를 12년이나 해놓고 가로늦게 왜 나는 학문의 기초를 찾았던 걸까?

아니나 다를까, 그렇게 선택한 철학과에 나는 금세 실망

해버리고 말았다. 철학이나 할 것이지 왜 저렇게나 술을 마실까, 왜 저렇게나 딴짓일까, 이 정도의 대학에 오려면 재들도 어지간히 공부를 잘했던 학생들일 텐데 왜 저렇게나 한심할까. 굳이 설명하자면 대학 생활에 실망한 것이고, 정확히 말하자면 내가 그냥 학교에 적응을 잘 못한 것일 텐데, 그때는 그 사실도 몰랐다. 모든 대학생들이 신입생이 들어왔다는 핑계로, 새 학기가 시작되었다는 핑계로, 그저 날씨 핑계로 3, 4월엔 미치도록 술을 마시고, 미치도록 토하고, 경쟁하듯 미친 짓을 한다는 그 당연한 사실도 나는 몰랐다. 그냥 철학이 한심한 거라고 판단을 해버렸다. 고작 한 학기만에. 뭘 배웠다고. 뭘 이해하기나 했다고. 그래서 나는 이따위 말을 지껄이며 재수를 선언했다. "이렇게 밥 빌어먹는 전공은 못하겠어."

경영학과를 가야겠다 싶었다. 밥 빌어먹는 공부 말고, 밥 버는 공부를 해야겠다는 판단이었다. 여름 방학이 시작되는 날 짐을 쌌다. 다시 이 자리로는 돌아오지 않겠다며 대구로 내려갔다. 바로 재수학원에 등록했다. 공교롭게도 처음 학원에 간 날이 모의고사를 치는 날이었다. 한 학기 동안 마신 술에 근의 공식도, 가속도의 법칙도 다 희석되어버렸다 생각했는데 성적이 그럭저럭 나왔다. 서울 물을 좀 먹다 내려오니, 재수학원에 있는 남자애들은 다 시시해 보였다. 물론 그들의 눈에도 난 참 시시했을 것이다. 피차 그러니 공부하기 참 좋은 환경이었다. 때마침 대구의 삼성 라이온스가 플레이오프에 올라가고, 한국시리즈까지 넘어 우승을 했다. 저녁마다 아이들은 전부 텔레비전 앞에 매달려 있었다. 야구를 모르는 나에게는 여러모로 공부하기 좋은 환경이었다.

수능은 성공적이었다. 하지만 경영학과를 가기엔 부족한 성적이었다. 정말 내가 경영학과에 가고 싶은 건가? 실은, 딱히 그렇지는 않았다. 경영학과를 간다고 정말 돈을 벌 수 있는 건가? 그것도 확신할 수 없었다. 하지만 다른 방법이 없었다. 모두에게 경영학과를 가겠다고 말하고 학교를 떠나왔기 때문이었다. 나에겐 다른 과에 지원할 용기가 없었다. 용기? 그렇다. 나는 그때 아무도 나한테 관심이 없다는 걸 몰랐다. 내가 한 말을 모두가 기억하고 있다고 착각했다. 그래서 내가 내뱉은 말에 책임을 져야 한다고만 생각했다. 있는 확신, 없는 확신 다 끌어모아 경영학과에 지원했다. 그리고 나는, 똑, 떨어져버렸다.

가로늦게 방황이 시작되었다. 그 겨울 나는 수시로 해운대에 내려갔다. 겨울 해운대를 바라보며 멍하니 앉아 있다가 대구로 돌아왔다. 내가 한심하다고 생각했던 그 선배들처럼 술을 마셨다. 답은 하나였다. 다시 원래 학교로 돌아가는 것. 생각만 해도 쪽팔려 죽을 것만 같았다. "생각해보니 밥 빌어먹는 것도 괜찮을 것 같군요"라고 말해야 하는 걸까. "역시, 학문은 기초부터 탄탄히 해야죠"라고 말하는 게 나을까. 아니, 그냥 닥치는 게 나을까.

다시 서울로 올라왔다. 아무 일 없었다는 듯이 자취방을 구했다. 아무 일 없었다는 듯이 다시 대학생이 되었고, 아무 일 없었다는 듯이 다시 수업에 들어갔다. 첫 수업은 철학과 수업이었다. '철학의 이해'였나, '철학의 기초'였나, 아무튼 철학에 관해서는 쥐뿔도 모르는 사람들을 위해 열린 초보 철학 수업이었다. 그리고 그 수업을 마치고 나오자마자 나는 엄마에게 전화를 걸었다. "엄마, 철학과 진짜 나랑 잘 맞는 것 같아! 완전 재미있어!" 엄마는 내 이야기를 한참이나 듣더니 한마디를 했다. 딱 한마디만 했다. "니 그 전공 싫다고 재수까지 한 거 아니가?"

그렇다. 나는 늘 가로늦게 그 난리였다. 남들은 이미 다 알고 있었는데 나 혼자 가로늦게. 좀 진즉에 알았더라면 그 모든 시간이며 그 모든 돈이며 그렇게까지 허비하지 않아도 되었을 텐데. 꼭 머리를 세게 박고 나서야, 아, 여기 벽이 있었군, 돌아가야 하는 거였군, 이라며 뒤늦은 깨달음을 얻는 것이었다. 그나마 다행인 건 '이제 와서라도 깨달았으니 됐어. 평생 미련을 가지는 것보다는 실패해보는 게 낫지 않아?'라며 실패 앞에 스스로를 비난하지 않는 재주가 있다는 것이다. 이미 실패해버린 거, 나를 비난해서 어디에 쓰겠는가? '다음에 안 그러면 되지, 뭐'라며 실패를 미화하는 일에 일인자가 있다면 그건 언제나 나다.

'모험이 부족하면 좋은 어른이 될 수 없어'라는 일본 철도청의 카피가 있다. 가로늦게 후회할지라도 도전을 한 번. 가로늦게 깨달음을 얻을지라도 시도를 한 번. 수많은 실패 앞에서도 나는 여전히 '가로늦게'를 응원한다. 아직 우리에겐 더 많은 모험이 필요하니까. 우린 더 좋은 어른이 되어야 하니까.

신기한
거울나라

엄마는 피아노 선생님이었다. 초등학교 때부터 고등학교 때까지 나는 학교를 마치고 자동으로 엄마의 학원으로 향했다. 그곳엔 아무리 늦은 밤이어도, 누군가는 꼭 피아노를 치고 있었다. 그 피아노 소리를 들으며 숙제를 했고, 고무줄 놀이를 했고, 밥을 먹었고, 잠을 잤다. 그곳은 나에게 또 하나의 집 혹은 또 하나의 학교였다. 그곳에 있었던 수많은 나의 시간만큼이나 기억나는 학생들도 많은데, 그중 유독 '거울'로 기억되는 친구가 있다.

나와 동갑내기였던 그 친구는 음대지망생이었는데, 특이하게도 늘 손거울을 악보 옆에 두고 피아노를 쳤다. 연습 한

번에 거울 한 번, 이런 패턴이었다. 체구가 작고 오밀조밀 예쁘게 생기긴 했지만, 그 손바닥만 한 얼굴에 뭘 그렇게 볼 게 있다고 그 친구는 한 곡 마칠 때마다 거울의 의례를 빠트리지 않았다. 실기시험 날짜가 아무리 코앞에 닥쳐도 거울의 의례는 경건하게 치러졌다. 오죽하면 대학교에 붙고 난 후의 소원이 실컷 거울을 보는 것이었다. 그 소박한 소원은 귀여운 그 친구와 딱 어울렸다. 물론 나로서는 도저히 상상할 수 없는 소원이었지만.

그렇다. 그때에도, 그 전에도, 그 아주 오래전까지 거슬러 올라가 봐도, 나는 거울 보는 걸 좋아한 적이 없다. 물론, 지금도 거울 보는 걸 매우 어색해한다. 사람은 어지간해서는 변하지 않으니까. 아침에 일어나서 기계적으로 화장할 때를 제외하고는 하루 종일 거울과 멀리 지낸다. 물론 가방에 거울을 가지고 다니지도 않는다. 같은 맥락에서 셀카를 찍는 일도 없다.

그렇게나 얼굴이 마음에 안 드나 하면 그런 것도 아니다. 그냥 나는 이렇게 생긴 사람이구나 싶다. 성형외과를 하는 친척이 시술이나 수술 같은 걸 제안했지만 단숨에 거절했다. 외모에 자신감이 있는 것은 아니지만, 그렇다고 대단한 콤플렉스가 있는 것도 아니니까. 그렇다면 거울의 문제는 외모의 문제가 아닌 것이다. 굳이 말하자면 거울을 보며 신경 쓰는 것 자체가 겸연쩍다. 그게 왜 겸연쩍냐고 묻는다면 겸연쩍어서 겸연쩍다고 말할 수밖에 없다, 라고 대답 같지도 않은 대답을 할 수밖에 없을 것 같다. 다만 웹툰 〈어쿠스틱 라이프〉에서 본 대사로 거울에 대한 내 마음을 압축적으로 드러낼수는 있을 것 같다. "멋내는 걸 들켜버리다니, 부끄러워 죽을 것 같아."

가방에 거울 하나 안 들고 다니는 것과는 별개로, 나에겐 성능 좋은 거울이 하나 있다. 하나가 아니라 100개. 100개가 아니라 360개. 너무 성능이 좋아 골치 아픈 거울들이다. 이 거울들은 나를 24시간, 360도로 감시하며 '그건 네가 잘못했어', '그렇게 바보 같은 대답을 해버리다니, 실망이군', '그딴 걸 농담이라 던진 거냐', '또… 또! 감정적으로 대처해버렸어!' 등의 논평을 내놓는다. 이놈의 거울 때문에 남들이 다 흥에 겨울 때 혼자 정색하고 앉아 있고, 이놈의 거울 때문에 해야 할 말을 제때 하지 못하고, 이놈의 거울 때문에 나는 그만 지루한 사람이 되어버리고 말았다.

대학교 때의 일이다. 친구들은 모두 술을 마시고 취해 나자빠지는데, 나는 취하지도 못했다. 이놈의 거울이 나를 끝도 없이 감시하고 있었으니까. 그때 나는 사람들 앞에서 취한다는 걸 상상만 해도 필름이 끊어진 사람처럼 아득해졌다. 하지만 궁금했다. 몹시도 궁금했다. 나는 도대체 취하면 어떻게 변하는지. 얼마나 헛소리를 지껄이는지. 혹은 그냥 잠들어버리는지. 혹은 갑자기 과장된 진심을 내뱉는지. 거울이 사라진 나는 어떻게 행동하는지 궁금했다. 확실한 건 음주에 관한 한 나는 엄마의 딸이 아니라 아빠의 딸이었다. 엄마는 맥주 한 모금에도 옆으로 쓰러져버리니까. 아빠의 피를 믿고, 실험을 해보기로 했다.

선배와 친구와 나. 셋이서 낮에 학교 앞 도로변 벤치에 모였다. 소주 한 병을 들고. 왜 그곳을 택한 건지는 그때도 몰랐고, 지금도 모른다. 어쨌거나 모였고, 나는 술을 마셨다. 나만. 그 자리는 명백히 나의 음주력을 시험하는 자리였기에. 나만 술을 마셨다. 소주 한 병. 원샷. 선배와 친구는 박수를 쳐줬다. 이제는 내가 어떻게 변하는지 관찰할 시간이었다. 관찰 시작. 그 순간 나의 거울도 나를 관찰하기 시작했다. '네가 어떻게 변하는지 한번 보자. 그래, 한번 해봐. 근데 너 정말 그렇게 망가질 자신 있어? 망가진 모습을 여기 이 사람들 앞에서, 보여줄 자신이 있어?'

나는 벌떡 일어났다. 가방을 손에 쥐었다. 그리고 90도로 인사를 꾸벅했다. "저는 집에 가야 할 것 같아요." 그러고는 바로 뒤돌아 뛰기 시작했다. 자취방을 향해 미치도록 뛰었다. 내가 확 취해버리기 전에 집에 도착해야만 했다. 길에서 추태를 보일 순 없었다. 다다다다 뛰어서 집 앞에 도착했다. 다다다다다다다 뛰어서 계단을 올랐다. 마침내 나의 옥탑방이었다. 문을 열고 방 안으로 뛰어 들어가 바로 침대에 누웠다. 그리고 곧바로 잠들었다. 그렇다. 나의 거울 없애기 프로젝트는 그렇게 실패로 끝나고 말았다.

어쩔 수 없다고 생각했다. 받아들일 수밖에 없었다. 이건 운명의 데스티니 같은 것이니까. 많거나 적거나 사람들에겐 가상의 거울이 있고, 나에겐 그냥 좀 더 많은 거울이 있을 뿐이라 생각하기로 했다. 개수는 다르겠지만, 각자에겐 각자의 거울이 있다는 믿음. 모든 사람들은 어느 정도는 매 순간 자신을 반성하며 살고 있을 거라는 환상. 그래서 나는 사람들이 이상한 짓을 하거나 이상한 말을 내뱉는 모습을 볼 때마다 이렇게 생각하는 게 버릇이 되어버리고 말았다. '나중에 생각해보면 정말 부끄러울 텐데…', '저 사람, 다음에 우리를 어떻게 보려고 저러는 거지?' 그렇다. 나는 사람들에 대해 순진할 정도로 내 기준으로만 생각하고 있었던 것이다.

하루는 회의를 마치고 나오다가 팀 사람들에게 그 속마

음을 이야기해버렸다.

"저 사람 완전 부끄러울 것 같지 않아?"

"왜?"

"오늘 우리 앞에서 완전 자기가 무능하다고 다 이야기해버린 셈이잖아."

"아예 그런 생각 자체를 안 하는 사람일걸?"

아예 그런 생각 자체를 안 한다라. 그건 정말 생각해본 적도 없는 옵션이었다. 나의 거울에 대한 믿음은 조금씩 금가기 시작했다. 믿을 수 없게도, 거울이 아예 없는 사람들이 간혹 내 앞에 나타나기도 했던 것이다. 명백한 자기 잘못 앞에서, 자신을 가장 불쌍히 여기는 사람을 보면서는 인간의 자기방어 기제에 대해 탄복했다. 저 상황에서도 자신을 가장 먼저 보호하다니. 인간이란. 권력을 남발해서 남들에게 피해를 주고 있는 상황에서도, 진심으로 자신이 그들에게 도움이 되고 있다고 생각하는 사람 앞에서도 나는 박수를 쳐주고 싶었다. 그렇게까지 자기합리화를 할 수 있다면 그건 능력이라고 봐야 한다 싶었다. 물론, 나는 다시는 그 인간들과 마주치고 싶지 않았지만.

왜곡된 거울을 가지고 있는 사람은 멀리하고 싶다. 자신의 존재를 과장하거나, 자신의 능력을 부풀리는 것에 그들은 익숙하고, 상대에게도 자신의 왜곡된 존재를 강요하니까. 깨진 거울만 가지고 있는 사람도 부담스럽다. 아무리 너는 괜찮다고 말을 해도 그들은 그 말도 다시 자신의 깨진 거울에 비춰서 받아들이니까. 그 거울에 비친 자신의 깨진 모습만 애처롭게 바라보니까. 돋보기 같은 거울을 가지고 작은 흠결에 집착하는 사람도, 커다란 거울을 가지고 늘 자신만 들여다보는 사람도, 돈이라는 거울로 세상 전부를 해석하는 사람도 꺼려지는 건 매한가지다. 심지어 거울이 아예 없는 사람을 보면 이런 말까지 하고 싶어지는 것이다.

"저기요, 거울 하나 빌려드릴까요?"

이렇게 내 거울은 말짱한 것처럼 말하고 있지만, 남들의 눈엔 나의 거울이 어떻게 보일지는 또 모를 일이다. 남들이 보기엔 내가 왜곡되고, 깨지고, 너무 크거나 너무 작은 거울을 들고 매일 뛰어다니는 것처럼 보이면 어쩐다? 부디 아니길 가만히 빌어본다.

초짜
페미니스트

　화장품 브랜드를 담당한 적이 있다. 벌써 3~4년 전의 일이다. 10대와 20대 초반이 주로 이용하는 아주 저렴한 브랜드였고, 그래서 그들의 눈높이에 맞춰 카피를 써야 했다. 평소 진지하거나 단호한 카피를 좋아하는데, 갑자기 가볍거나 재치 있게 카피를 쓰려니 내가 정말 10년 이상 카피를 쓴 카피라이터가 맞나 싶었다. 엎친 데 덮친 격으로 평소에 꾸미는 것에 별 관심이 없다 보니 어떤 카피 아이디어도 떠오르지 않았다. 부랴부랴 우리 회사에서 교육을 받는 대학생 그룹에 도움을 받기도 하고, 다른 팀 인턴들에게도 도움을 요청하기도 했다. 이렇게 저렇게 하다 보니 꾸역꾸역 수십 개의 카피가 완성되었다. 팀장님도 그렇게 완성된 카피에 마침내 고개를 끄덕였다. 가슴을 쓸어내리며 회의실을 나서는데 팀장님이 말했다.

"근데 주변 카피라이터들에게 그 카피들 좀 보여줘봐. 뭔가 문제가 될 건 없는지."

화장품 광고였기 때문에 어쩔 수 없이 외모에 대한 카피가 많았고, 재미있게 쓰려다 보니 뭔가 선을 넘는 게 없나 점검해보라는 당부였다. 주변 카피라이터들 중에서 유독 그런 문제에 민감한 사람들에게 카피를 보여주었다. 다행히도 모두 별 문제없을 것 같다고 말했다. 재미있다는 반응도 많았다. 고생한 보람이 있구나 싶었는데, 결과적으로는 고생한 보람이 전혀 없었다. 광고주가 결국 그 광고를 집행하지 않기로 결정했기 때문이다.

웬만해서는 지나간 프로젝트를 떠올리지 않는 편이다. 아니 더 정확하게 말하면 지나간 프로젝트를 기억하지 못하는 편이다. 현재 진행하는 프로젝트들을 기억하는 것으로도 내 머리는 언제나 포화상태니까. 그 희미한 기억력을 뚫고 그 화장품 프로젝트가 갑자기 기억난 것은 최근의 일이다. 힘들게 쓴 그때 그 카피를 기억하자마자 등 뒤가 오싹해졌다. 혹시나 해서 그 당시의 프로젝트 폴더를 열어 그 카피들을 읽어내려가는데 머리카락 끝까지 삐쭉 섰다. 과장이 아니라 정말 그랬다. 이 카피가 세상으로 나갔다면… 상상도 하고 싶지 않았다. 그때 그 광고를 집행하지 않은 광고주에게 큰절까지 하고 싶은 기분이 들었다. 그 카피들은 명백히 성차별적이었다. (차마 여기서 그 카피들을 밝힐 수는 없다.) 광고주도, 나도, 아이디어를 낸 대학생들도, 그 카피를 감수한 사람들도 모두 여자였지만 우리는 우리도 모르게 외모로 사람을 판단하며, 좀 꾸미라고 부추기며, 옆의 여자들과 비교하고, 여자인 우리 스스로를 비하하고 있었던 것이다. 너무나 자연스럽게. 한 치의 의심 없이. 그 사실을 뒤늦게라도 깨닫게 되다니, 더 정확히 말하자면 그 사실을 깨달을 수 있을 만큼의 페미니즘이라도 알게 되다니 정말로 다행이 아닐 수 없었다.

솔직히 고백하자면 나는 '페미니즘'이라는 단어를 완벽히 오해하고 있었다. 대학교 1학년 강의실, 수업 직전 교탁 앞에 서서 "생리대 있는 사람?"이라고 크게 소리를 쳤던 그 아이의 이미지가 나에게는 페미니즘이었다. 왜 굳이 저걸 저렇게 크게. 왜 굳이 저걸 저 자리에서. 왜 굳이 남자아이들도 다 있는데. 왜 굳이 교수님이 들어오기 직전에. 그 친구가 평소 여성인권동아리에서 열심히 활동한다는 걸 알았기 때문에 오해는 더 깊어졌다. 그냥 그 동아리에서 하는 활동 모두를 억세고, 목소리가 크고, 때론 위악적인 어떤 것으로 내 멋대로 결론 내버린 것이다. 더 정확하게 말하자면 페미니즘 자체를 억세고, 목소리만 크고, 위악적인 것으로 오해하고 있었던 것이다.

1999년부터 오랫동안 지속되어온 그 생각이 얼마나 잘못되었는지, 얼마나 왜곡되었는지, 얼마나 무식한 건지 알게 된 것도 사실 작년에 우리 팀이 맡은 프로젝트 덕분이었다. 첫 미팅에서 광고주가 '페미니즘'을 말했다.

"페미니즘을 중심으로 저희를 브랜딩하고 싶어서요."

"아, 장기적으로 보면 꽤 좋은 판단 같아요."

광고주 앞에서는 다 아는 것처럼, 페미니즘에 관해 관심이 많은 것처럼 굴었다. 하지만 회의실을 나서면서부터 나는 조급해졌다. SNS에서 페미니즘에 관한 각종 이슈를 접했지만, 대충 훑어봤을 뿐이었다. 페미니즘에 관한 각종 책들이 쏟아지고 있었지만 내가 읽은 것은 아무것도 없었다. 이렇게 무식덩어리에게 페미니즘 프로젝트라니. 광고주는 힘을 주어 말했다. 페미니즘을 어렵지 않게, 소파에 누워서 텔레비전을 보는 사람들도 공감할 수 있게 말해달라고. 너무 어렵거나, 너무 복잡하면 일반 대중은 고개를 돌려버린다고. 부랴부랴 페미니즘에 관련한 책들을 빌려서 보기 시작했다. 《82년생 김지영》을 읽었다. 설렁설렁 보던 트위터도 열심히 찾아서 보기 시작했다. 페미니즘에 관한 인터넷 강의도, 대중서들도 챙겨보았다.

가장 먼저 깨진 것은 1999년 교탁 앞의 그 친구 이미지였다. 그 친구와 페미니즘은 어떤 관련도 없었다. 여전히 그 친구의 행동은 불편했지만, 그건 페미니즘의 잘못이 아니었다. 두 번째로 깨진 것은 페미니즘이 나와 상관없는 단어라고 막연히 생각했던 나의 오해였다. 공기처럼 익숙해져서 미처 생각하지도 못한 부분까지 성차별은 뿌리 깊었다. 나조차도 순간순간 생각의 꼬리에 '여자니까'라는 단어를 붙이고 있는 걸 보면 나 자신도 가해자인 동시에 피해자였다. 의식적이건 무의식적이건 나는 나에게 여자를 강요하고 있었다. 그걸 그제야 깨달았다. 3~4년 전의 그 카피들이 문제라는 것을 그제야 알아챈 것처럼.

머릿속이 복잡해졌다. 나는 이 사태 앞에서 어떻게 해야 할 것인가. 페미니즘에 대한 지식은 짧고, 뭔가를 잘 설명하는 능력도 부족한 내가 감히 무엇을 할 수 있을 것인가. 사람들이 페미니즘을 공격하는 대화를 한다면 그 앞에서 나는 무슨 말을 할 것인가. 무슨 말을 할 수 있을 것인가. 나의 짧은 지식으로 누군가를 설득할 수 있을까. 아니, 이건 설득의 문제가 아니라 당연한 거잖아, 라고 가끔 화도 치밀어 올랐지만 화를 낸다고 문제가 해결되는 건 아니었다. 대화를 하고, 책을 읽고, SNS를 보고, 사람들의 말을 들었다. 긴 고민 끝에 《나쁜 페미니스트》라는 책을 편 순간, 나는 내 고민에 대한 답을 찾았다.

> 나는 나쁜 페미니스트가 되기로 결정했다. 왜냐하면 나는 셀 수 없이 많은 단점과 모순으로 똘똘 뭉친 보통의 인간이니까. 나는 페미니스트의 역사에 정통하지 않다. 설사 원한다 해도 내 책이 주요 페미니스트 고전으로 읽히지도 않을 것이다. 내 관심사와 개인적인 성향과 의견은 주류 페미니즘과 같은 선상에 있다고 할 수 없다. 하지만 나는 페미니스트가 맞다. 이렇게 받아들이고 나자 믿을 수 없는 해방감이 밀려왔다
>
> _록산 게이, 《나쁜 페미니스트》

'나는 페미니즘을 잘 몰라서'라고 움츠러들 필요가 없었다. '내가 페미니즘을 이야기해도 되나?'라고 주춤거릴 필요

도 없었다. 남자와 여자가 동등한 대우를 받아야 한다고 믿는다면. 여자라는 이유만으로 불합리한 폭력 앞에 노출되어선 안 된다고 믿는다면. 공기처럼 우리 주변에 만연한 그 모든 불평등이 언젠가는 끝날 수 있다고 믿는다면. 다른 가치도 다 중요하지만 사람이 가장 중요하다고 생각한다면. 인류의 절반이 고통받고 있다면 그걸 끝내는 일이 가장 시급하다고 생각한다면. 여자가, 여자니까, 여자라서, 여자다워야 한다는 그 모든 생각이 사라져야 한다고 믿는다면. 우리는 페미니스트가 되어야 한다. 젠더 감수성이 남다르게 취약하고, 불합리한 경험 앞에서도 별 말 하지 못하고 넘어갔던 나라도. 논리적으로 페미니즘을 설명하지도 못하고, 지식은 한없이 모자란 나일지라도. '나쁜 페미니스트'라고 누군가가 나를 손가락질할지라도 페미니스트가 되고 싶다. 이제 막 걸음마를 뗀 상태지만, 초짜 페미니스트라도 페미니스트가 되고 싶다.

믿을 수 없었다. 내가 지금 어디라고? 로마라고? 도대체
믿기지가 않아 왼쪽으로 고개를 돌렸다. 고대 유적들이 천연
덕스럽게 발밑을 뒹굴고 있었다. 다시 오른쪽으로 고개를 돌
렸다. 관광객들이 줄을 서서 성당으로 들어가고 있었다. 익
숙한 풍경은 아니었다. 진짜 로마에 도착한 것이었다. 1년 내
내 휴가 쓸 수 있는 짬을 보다가 마침내 12월에 휴가를 낸
참이었다. 만나는 모든 사람들에게 계속 말해왔다. 심지어
광고주에게도 말해뒀다. 나는 12월이 되면 사라질 거라고.
하지만 회사 일은 나의 일정을 전혀 고려하지 않고 계속 밀
려들었다. 끊임없이, 지치지도 않고. 산더미 같은 일 앞에서

팀 사람들은 수시로 나에게 "팀장님 휴가 가면 우리는 어떻게 해요?"라고 말했다. 그때마다 "야, 나 없어도 일 다 돌아가"라고 말했지만, 초조하기로는 내가 1등이었다. 정말 갈 수 있을까? 그런데 정말 왔다. 감쪽같이.

로마에서의 첫날, 눈을 뜨자마자 씻고 밖으로 나왔다. 버스 티켓 사는 법을 몰라서 길을 몇 번이나 건넜는지 모른다. 한 아저씨가 퉁명스럽게 알려준 손가락 끝을 따라가니 카페가 보였다. 카페 안에서 커피와 버스 티켓을 같이 샀다. 버스를 타고는 시선을 창밖에 고정했다. 유난히도 가로수의 키가 컸다. 겨울나무 그림자가 건물마다 선명했다. 대신 창밖 풍경도, 사람들도, 그들이 주고받는 말도, 다 흐릿했다. 그 낯선 공기를 뚫고 버스는 달렸고, 나를 로마 시내에 내려놓았다. 마침내 여행의 시작이었다.

우선 근처의 성당에 들어갔다. 예전엔 멋도 모르고 그냥 지나쳤던 성당인데, 알고 보니 무려 미켈란젤로가 설계한 성당이었다. 당시 최고급 대리석만 모아서 지었다는데, 믿을 수 없도록 화려했고, 솔직히 말하자면 뭘 이렇게까지 화려해야 하나 싶었다. 인간이 신을 섬기는 방식이 과할수록, 인간의 그 집요함에 질린달까. 어쨌거나 그 성당을 나와 또 다른 성당에 들어갔더니 이번엔 베르니니의 조각이 나를 반겼다. 탐욕스러운 눈길로 조각상을 계속 바라봤다. 인간의 손끝에서 태어난 대리석이 얼마나 부드러울 수 있는 건지.

미켈란젤로와 베르니니까지 만났으니, 이제 더 유명하신 분을 영접할 차례였다. 바로 이탈리아 파스타! 점심이니까 간단하게 후추 파스타를 시켰는데, 인생 파스타를 먹었다. 너무 맛있어서, 나중엔 한 가닥씩 아껴서 먹었다. 걸어서 판테온에 갔고, 또 걷다가 들어간 성당에서는 카라바조 그림을 만났다. 책에서 그토록 보던 그 그림의 실물을 마주하니 마음이 또 선득했다. 나와서는 유명한 분수를 봤고, 걷다가 더 유명한 분수도 봤다. 다들 동전을 던지길래 나도 동전 한번 던져볼까 하다가 관뒀다. 한 푼이라도 아껴서 술값에 보태야지. 술이 생각난 김에 근처 바에 들어가서 이탈리아 햄과 맥주와 와인을 먹었다. 돌아오는 버스 안, 남편은 옆자리에 앉아서 꼬박꼬박 졸았다.

믿을 수 없었다. 겨우 하루가 저물어가는 참이었다. 그런데 오늘 아침의 일이 이미 까마득한 오래전 일처럼 느껴졌다. 아침에는 버스 티켓 하나 못 사서 허둥지둥, 저녁엔 버스 안에서 이미 익숙하다는 듯이 꾸벅꾸벅. 낮의 수많은 일들은 또 어떻고. 어차피 한두 줄로 설명하는 건 불가능하니까

'근처 성당', '걷다가 들어간 성당'이라고 말하고 넘어가지만, 그곳에서 내가 경험한 세계는 그 정도로 말할 수 없다는 걸 내가 제일 잘 알고 있었다. 순간순간의 경험이 오롯이 살아서, 각자의 이름표를 달고 내게로 다가왔다. '버스표를 찾아 헤매던 순간', '베르니니를 처음 만난 순간', '인생 파스타를 만난 순간', '맛있는 아이스크림 찾기에 또 실패한 순간', '시차 적응이 안 돼서 버스 안에서 졸던 순간' 등. 이름표를 붙일 수 없는 순간이 조금도 없었다. 그러니 하루가 길 수밖에.

그렇다. 마침내 여행지에서의 시간이 시작된 것이다. 별일 없이 흘러가는 일상에서의 시간과 달리, 별의별 게 다 별일인 여행에서의 시간. 어제의 모양과 오늘의 모양은 완전히 다르다. 내일의 모양은 예측할 수 없을 정도로 또 다를 것이다. 일상에서는 아무 고민 없이 버스를 타고, 지하철을 갈아타고, 일을 하고, 점심을 먹고, 또 일을 하고, 아무런 방황도 없이 집에 도착했다. 매일의 모습이 크게 다르지 않았다. 그리하여 시간은 화살로 갔다. 정신 차려보면 한 달이 후딱 가 있는 경우가 허다했다. 하지만 이제부터 시간은 연결이 아니라 분절이었다. 매 순간, 나의 선택에 따라 제각각의 시간은 제각기 살아 움직일 것이다. 그렇게 하루하루가 오롯이 내 것이 될 것이다. 물리적인 거리는 물론이거니와 감정적으로도 나는 아주 먼 곳을 여행하게 될 것이다. 정직한 시간이 될 것이다. 많이 걷고, 많이 말하고, 해와 함께 뜨고 지는 날들이 될 것이다. 그러기 위해 기어이 여기까지 온 참이었다.

물론 그 모든 시간이 끝나고 회사에 돌아가면 내가 듣게 될 말은 언제나와 같을 것이다.

"벌써 돌아왔어? 시간 진짜 잘 간다."

"휴가가 벌써 끝난 거예요? 내가 다 아쉽네."

당연한 반응이다. 여기서 시간은 흐르고 있었지만 여행지에서는 점으로 찍히고 있었으니까. 저마다 다른 모양의, 다른 크기의 시간의 점들. 그리하여 여행에서의 시간을 설명하려면, 다시 여행에서의 시간만큼이 필요할 것이다. 그 시간을 소화하려면 그보다 더 오랜 시간이 필요하고. 결국 그 시간을 가장 믿을 수 없는 사람은 내가 될 것이다. 휴가가 끝났다고? 나 어제까지는 여행하고 있었는데? 여기가 어디라고? 한국이라고? 내가 회사원이라고? 시작이 갑작스러웠던 것처럼 끝도 갑작스러울 것이다. 도무지 실감나는 건 없을 것이다. 하지만 늘 그랬듯이 나는 다시 출근을 하며 둥둥 떠다니던 이 발을 다시 땅 위에 단단히 묶을 것이다. 현실에서 다시 만족할 만한 매일을 만들기 위해 아등바등할 것이다. 늘 그랬듯이.

　하지만 오늘은 여행의 첫날이었다. 오롯이 내 것인 시간
이 내 앞에 줄지어 서 있었다. 맛있게 이 시간을 내 방식대로
요리해서 먹어보자. 내 맘대로, 내 취향대로 이 시간을 소화
해보자. 여행자로서의 나의 임무는 오직 그것이니.

팔레르모
에서

'기대'라는 건 여행에 득일까 독일까. 단칼에 잘라서 말하
긴 힘들겠지만 시칠리아의 팔레르모 여행에서는 득이 되었
다고 단칼에 잘라서 말할 수 있다. 정말 나는 어떤 기대도 없
이 이 도시에 도착했다. 시칠리아의 수많은 매력을 찾아보느
라 팔레르모의 매력은 미리 찾아볼 시간이 없었다. 그곳은
시칠리아의 주도였고, 가장 큰 도시였다. 그 사실만으로도
팔레르모의 매력은 반감되었다. 특별할 리 없다고 생각했다.
독특한 매력 같은 건 바라지도 않았다. 물론 이것은 팔레르
모에 도착하기 전까지의 이야기다. 도착한 후에 이야기는 완
전히 다른 방향으로 진행되었다. 기대와 달리.

팔레르모를 뭐라고 불러야 할까. 그곳을 어디라고 말해야 할까. 분명 지리적으로는 유럽, 국가적으로는 이탈리아, 더 정확하게는 시칠리아섬. 하지만 그 어떤 것으로도 팔레르모를 단정 지을 수 없다. 유럽이지만 유럽과 달랐고, 이탈리아지만 이탈리아 어떤 도시와도 닮지 않았고, 시칠리아의 다른 어떤 도시에도 없는 매력이 넘쳤다. '지중해'라는 단어만이 이 도시의 유일한 단서였다. 이 골목으로 접어들면 갑자기 아프리카였고, 다른 골목으로 접어들면 또 갑자기 아랍이었고, 큰길로 나오면 갑자기 유럽이었으니까. 그러니까 이런 식이었다. 성당 세 개가 머리를 맞대고 있는데, 한 성당은 내부가 온통 황금색으로 장식된 비잔틴 양식이었고, 바로 옆 성당은 지붕부터 둥근 아랍풍이었다. 그 옆엔 또 단 하나의 직선도 허용하지 않고, 모든 것을 곡선으로 조각하고 장식한 바로크풍의 성당이 있었다. 성당 옆으로는 시장이었다. 비현실적인 색깔의 과일과 채소가 온몸으로 지중해를 증명하고 있었다. 생선과 해산물도 온몸으로 지중해를 뿜었다. 다른 시대, 다른 양식, 다른 대륙의 사람들과 문화와 음식들이 잡음 없이 오손도손 사이좋게 팔레르모 안에서 살아가고 있었다. 그래서 그 도시에 도착해 한나절 만에 나는 상기된 얼굴로 남편에게 말했다.

"우와! 여기는 지구상의 어디라고 해도 믿을 것 같아!"

그래서일까. 팔레르모 사람들은 자신들을 '팔레르미따니'라고 부르며 다른 시칠리아 사람들과 구분했다. "우리 팔레르미따니는 게으르지. 우린 앉아서 노닥거리는 걸 좋아해." 그들은 도시의 가장 큰 도로를 차가 다니지 못하도록 막아 놓았다. 식당들은 그 위로 테이블을 폈다. 사람들은 도로 한복판을 휘적휘적 걸어 다니다가 그 테이블에 앉아서 술을 마셨다. 낮에도 술 마시는 사람이 많았고, 밤엔 더 많았다. 우리도 그들처럼 휘적휘적 걸어 다니다가 음악이 크게 나오는 술집으로 들어가 위스키를 주문했다. 바텐더는 한국에서는 엄청 비싼 위스키를 지나치게 꽐꽐 따라주었다. 이 비싼 위스키를 이만큼이나 주다니. 도대체 이건 얼마일까. 우리는 내기를 하기로 했다. 남편은 12유로를 말했고, 나는 7유로를 말했다. 결과는? 나의 완벽한 승리였다. 이긴 내가 만면에 웃음을 가득 띠고 바텐더에게 말했다.

"둘이 내기를 했거든. 이 술의 가격을 두고."

"얼마라고 생각한 거야?"

"나는 7유로, 남편은 12유로."

"12유로? 말도 안 돼. 여긴 팔레르모야. 다른 유럽이 아니라고."

나는 그 말에 폭소를 터트렸다. 정확히 팔레르모에 대한 내 느낌이었다. 어디에도 없는 이곳. 유럽인이 아니라, 시칠리아인이 아니라, 팔레르미따니가 모여 사는 이곳, 팔레르모. 나는 정말로 단숨에 이 도시와 사랑에 빠져버렸다. 괴테도 말하지 않았던가. "세계에서 가장 아름다운 도시"라고. 나는 이 도시가 궁금했다. 이 도시를 무엇이라 해야 할까? 하나로 말하는 게 과연 가능할까?

그 모든 팔레르모의 매력 중에서 나를 가장 압도한 것은, 팔레르모 대성당이었다. 팔레르모도 설명 못하는 주제에 어떻게 팔레르모 대성당을 설명할 수 있을지는 모르겠다. 성당은 그 자체로 지중해였다. 600년에 걸쳐 지어지며, 그동안 이 땅을 지배했던 다양한 민족들의 문화를 고스란히 몸에 새긴 성당. 원래는 비잔틴 양식으로 짓기 시작했는데, 워낙 오랜 기간 지어지다 보니 고딕 양식과 바로크 양식과 노르만 양식이 다 뒤범벅된 성당. 성당 이쪽은 12세기에 완성되었고, 성당 저쪽은 18세기에 완성이 되고, 기둥은 고딕 양식, 정면은 바로크 양식인 성당. 그러다 보니 그 자체로 다양한 시간, 다양한 사람들, 다양한 취향의 총집합체가 되어버린 성당. 문제는 그 모든 것이 놀랍도록 조화로웠다는 사실이

다. 지극히도 자연스러웠다. 몇백 년의 시간 따위는 가뿐히
건너뛰었다. 그 모든 시간이 하나의 성당을 지었을 뿐이었
다. 나는 성당 꼭대기로 올라갔다. 그리고 도시와 성당을 동
시에 내려다보았다. 묘하게 둘은 닮아 있었다. 어디에도 없는
도시에 있는, 어디에서도 불가능한 성당이었다.

성당 꼭대기는 제한시간이 있었다. 얼마 머물지 못하고
내려와서 이 거대한 성당이 주는 감동을 곱씹으며 성당 옆
골목을 걷고 있었다. 걷다 보니 남편이 옆에 없었다. 황급히
뒤를 돌아보았다. 18도나 되는 한낮 기온에도 털 코트를 입
은 한 아주머니가 남편을 잡고 있었다. 남편은 곤란한 미소
를 짓고 있었고. 집시인 건가, 구걸을 하는 건가, 나는 황급
히 그쪽으로 뛰어갔다. 아주머니는 남편에게 계속 뭔가를
말하고 있었다. 하나도 알아들을 수 없는 이탈리아어의 향
연. 이젠 나까지 곤란한 미소를 지었다. 결국 아주머니는 우
리 손을 잡아 끌고 성당 뒤쪽으로 향하며 마지막 한 방을 날
렸다.

"프론또? 삐!(라고 말하며 손으로 크게 엑스 표시를 했다) 빽?
오~!(라고 말하며 만면의 웃음을 띠었다)"

그제야 아주머니의 말을 알아 들을 수 있었다. 성당 앞
쪽은 별로고, 뒤쪽이 진짜 아름답다는 의미였다. 성당 뒤를

보지도 않고 다른 곳으로 향하는 우리를 기어이 잡아, 아주 머니는 자신이 가장 아름답다고 생각하는 곳으로 이끈 것이다. 우리는 연신 "그라찌에"(감사합니다)를 말하며 성당 뒤로 향했다. 그리고 그곳에서 또 다른 대륙의 아름다움을 만났다. 아랍식 문양이 그 큰 성당의 뒷면을 뒤덮고 있었던 것이다. 조화를 잃지 않으며. 거기가 원래부터 자기 자리라는 듯이 시치미를 뚝 떼고. 놀랍도록 정교하게. 기이할 정도로 아름답게.

> 시칠리아에서 나는 그리스와 로마의 영향을 받은 이슬람의 목공예 장식 아래서, 때로는 황금빛 비잔티움을 배경으로 라틴 멜로디를 자주 들을 수 있었다. 지중해가 인류에 끼친 가장 큰 영향은 한 문명이 다른 문명을 만남으로써 이루어진 예술과 문화의 발전이었음을 시칠리아는 여실히 증명했다.
>
> _로버트 카플란,《지중해 오디세이》

그곳에서 나는 불가능에 가까운 소망을 하나 품게 되었다. 팔레르모 대성당 같은 사람이 되고 싶었다. 다양한 시기의 다양한 취향이 조화롭게 빛을 발하는 사람. 하루는 이 취향에 푹 빠지고, 하루는 저 취향에 목을 매고, 또 하루는 또 다른 취향에 기꺼이 마음을 빼앗겨버리는 사람. 한 취향을 고집하지 않는 사람. 머물지 않는 사람. 다른 취향에 배타적이지 않고 넓은 사람. 그리하여 그 모든 취향의 역사를 온몸에 은은히 남겨가며 결국 자기만의 색깔을 완성하는 사람. 그런 사람이 되고 싶었다. 힘들더라도, 어렵더라도, 오래 걸리더라도 팔레르모 대성당처럼. 기어이 팔레르모 대성당처럼.

참고도서

밀란 쿤데라, 《커튼》, 박성창 옮김(민음사, 2008)

니코스 카잔차키스, 《그리스인 조르바》, 이윤기 옮김(열린책들, 2009)

토니 모리슨, 《빌러비드》, 최인자 옮김(문학동네, 2014)

로넌 그로프, 《운명과 분노》, 정연희 옮김(문학동네, 2017)

루이제 린저, 《삶의 한가운데》, 박찬일 옮김(민음사, 1999)

존 스타인벡, 《분노의 포도》, 김승욱 옮김(민음사, 2008)

록산 게이, 《나쁜 페미니스트》, 노지양 옮김(사이행성, 2016)

로버트 카플란, 《지중해 오디세이》, 이상옥 옮김(민음사, 2007)